（英）艾迪丝·内斯比特 著

王林 范银红 译

寻宝少年

四川文艺出版社

图书在版编目（CIP）数据

寻宝少年／（英）内斯比特著；王林，范银红译.
—成都：四川文艺出版社，2015.6
ISBN 978-7-5411-4096-9

Ⅰ. ①寻… Ⅱ. ①内… ②王… ③范… Ⅲ. ①儿童文
学—长篇小说—英国—现代 Ⅳ. ①I561.84

中国版本图书馆 CIP 数据核字（2015）第 120873 号

XUNBAOSHAONIAN

寻宝少年

〔英〕艾迪丝·内斯比特　著
王　林　范银红　译

责任编辑　范雯晴
责任校对　舒晓利
责任印制　周　奇
封面设计　叶　茂
版式设计　史小燕

出版发行　四川文艺出版社
社　　址　成都市槐树街 2 号
网　　址　www.scwys.com
电　　话　028-86259285（发行部）　　028-86259303（编辑部）
传　　真　028-86259306

排　　版　四川胜翔数码印务设计有限公司
印　　刷　成都市书林印刷厂
成品尺寸　145mm×210mm　1/32
印　　张　7.75
字　　数　150 千
版　　次　2015 年 7 月第一版
印　　次　2015 年 7 月第一次印刷
书　　号　ISBN 978-7-5411-4096-9
定　　价　20.00 元

1

　　我们巴斯塔贝家族有那么两位亲属，他们都不是我们的直系亲属。一位是叔祖父，另一位是艾伯特家的叔叔，他和我们曾同住在路易斯汉路，还是隔壁邻居。记得我们初次接触他时（这是与烤马铃薯有关的另一个故事），我们称他为邻居艾伯特家的叔叔，到后来简称他为艾伯特叔叔。艾伯特叔叔和我父亲都参加了郊外的耐火砖房的修建工程，叫作护城楼，所以我们在那里度过了我们的暑假。就在那里，我们玩游戏的时候出现了意外——一个扮成朝圣者的人往鞋子里塞豌豆时发生了意外（这又是另外一个故事），我们居然找回了艾伯特叔叔那位失散已久的恋人。当时她的年纪也不小了，下一个生日就该满二十六岁了；而他那些年一下子也成长了许多，所以这个意外也促使他下决心马上结婚。大概在圣诞节来临之时所有的婚礼用品就已经准备好了。等假期到来时，我们六个还有我父亲、艾伯特叔叔一起去了护城楼。之前我们从来没有在乡村过过圣诞

注：文中的"我"即是奥斯瓦德。

节，这实在是太美妙了。而他那失散已久的恋人——阿斯莱小姐，在婚礼前我们已被允许称呼她为玛格丽特阿姨，即使还没有合法化。她和她那快乐的牧师弟弟以前常常过来，有时候我们会去他们住的雪松庄。在那里我们时常做游戏——猜字谜、捉迷藏、玩"黑暗中的魔鬼"——这是一个女孩子会假装喜欢但事实上几乎没有谁会真正喜欢的游戏，还有乡村小孩喜欢玩的把戏和圣诞树，以及所有你能够想象出的有趣游戏都会在这里找到。

很多时候，无论我们何时去雪松庄，总会有各种各样关于这个令人难忘的婚礼的稀奇古怪的事情发生。从伦敦寄过来的装满帽子和外套的盒子；数不尽的礼物，不是玻璃的或银饰的，就是各式各样的胸针和项链；还有很多伦敦寄过来的可供选择的衣服。我弄不明白为何一个女人可以为了结婚而需要那么多的裙子、靴子还有其他的东西。不会有男人因为要结婚而需要二十四套衬衫和二十四件马甲吧。

一天，佩蒂格鲁太太去看了她的阿姨，于是她允许我们在厨房里做太妃糖。我们坐在厨房的壁炉前谈论起这场婚礼，艾丽丝说："我想是因为他们要去罗马了。""你们想想看，在罗马你只能买罗马衣服，我觉得那些衣服的颜色太鲜艳太奇特了，最起码我知道那里的腰带就是如此。奥斯瓦德，你来搅拌一下，我的脸都要熏黑了。"她接着说。

尽管还有三个人，还没轮到他，但奥斯瓦德还是拿起了勺子。他的个性就是这样，不会为了小事而小题大做，并且他很会做太妃糖。

"那些幸运的家伙，"霍·奥说道，"我也希望我能去罗马。"

"称他们为家伙太不礼貌了，亲爱的霍·奥。"多拉说道。于是霍·奥回应道："嗯，那么称他们是走运的人，可以了吧？"

"我人生的梦想就是去罗马。"诺奥尔说。诺奥尔是我们的诗人兄弟。"你只要想象一下那些关于'罗马大道'的说法，就让人向往不已。我真希望他们也能带我一起去。"

"他们不会的，"狄克说，"那得花很多的钱。我昨天听爸爸这样说过。"

"那只是幻想而已。"诺奥尔回答道，"我会自己想办法借助其他工具，例如躲在运送牛的货车中，甚至是装行李的货车中。等我到了那里以后，我可以很轻松地养活自己。我会编些民谣，然后在街头卖唱。那些意大利人会赏给我一些'里尔琴'（古代 U 形拨弦乐器）——这是意大利钱，叫里拉，他们在拼写的时候还加了个字母'i'，这特能显出他们那所谓的诗意。"

"但你不会写意大利诗啊！"霍·奥张开了嘴巴，直视着诺奥尔说。

"我确实是不太懂，"诺奥尔回答说，"但我可以很快学会。开始的时候我可以先用英语写，那里肯定会有人懂的。即使他们真的听不懂，难道他们那南方人的热忱的心不会被这个用陌生语言唱着悲哀乐曲的、苍白瘦弱的外国小孩所打动么？我就会啦。他们会很快地扔下钱，因为他们不像北方人那么冷淡无情。为什么呢？这里的人很多都是啤酒的酿造者，或是面包师，或是银行家，又或是屠夫，甚至从事着其他更加低下的工作。而南方的人都是血性汉子，种葡萄的，弹吉他的，或者做其他工作的，他们在阳光下兴高采烈地踩着红葡萄跳舞，你可以想象得到他们一定是这样子的。"

"太妃糖快做好了，"奥斯瓦德突然说，"霍·奥，闭上你的嘴巴，去倒一满杯水过来。"然后他滴了一些太妃糖在水里，看看它是不是好了，再倒一些在一个没抹牛油的盆子上，等它凉了，凝结了，不打破盆子真别想把它拿出来。大家欢呼起来，它将成为午餐的一道美味点心，这时没人去理会诺奥尔，直到后来大家陷入一片沉默中时才又想起他的诗来。

第二天，霍·奥跟多拉说："我想单独和你聊聊。"于是他们来到隐蔽的楼梯角落里，那个满是裂纹的并且很久以前就不再有什么秘密的地方。聊完以后，多拉做了些缝纫活儿，她不让我们看，却让霍·奥帮她忙。

"你可以相信这是另外一份结婚礼物，"狄克说，"毫无疑问这是一个天大的惊喜。"没有人再搭话，其他人都在沿着护城河溜冰。现在河水已经结成冰，坚实无比。多拉从来不溜冰，她说那会让她的脚不舒服。

我们很不情愿地送走了圣诞节，接着等来了婚礼的日子。婚礼前，我们所有人都得去新娘的娘家，这样做也方便在去教堂的路上安排婚礼派对。女孩子们总爱幻想着做伴娘。现在，她们得其所愿终于穿上了和马夫的衣服一样是白色的、带有很多小斗篷的裙子，以及用白色海狸毛做成的帽子。她们看上去无忧无愁，个个都想把她们的模样印在圣诞卡上，这样她们的裙子就会像藏在外套里的白色丝质手帕一样白净光滑。脚上的鞋扣也是仁慈的印度大叔所赐，都是纯银打造的。原先还以为那就是多拉准备的神秘礼物，我问她时，她却一口否认了。这让我们对那东西更加好奇。

婚礼上人山人海，挤来挤去的都是人。吃喝的东西倒不少，但都是冷冰冰的。这倒也不要紧，因为屋子的角落里都跳跃着暖和的火苗，屋子装饰得很漂亮，到处是小摆设、冬青树和槲树。人人看起来都玩得很开心，除了艾伯特叔叔和他那粉扑扑的新娘，他们看起来有些手足无措。人们都说她的样子很甜美，不过奥斯瓦德却认为她不像人们所期待的那么想结婚。其实她离真正的红粉新娘相去甚远，因为只有她的鼻梁到鼻尖处是粉扑扑的。教堂里真够冷的，不过她却非常开心。

她那亲爱的牧师弟弟主持了婚礼，他读得比任何一个我认识的人都要好，但如果你了解他，你就会知道其实他不是那种让人讨厌的刻板之人。

婚礼匆匆结束后，艾伯特叔叔和他的新娘独自坐马车回家了。然后我们开始午餐，喝香槟为新娘的健康干杯，尽管爸爸要我们小孩子浅尝即可。不过我看得出奥斯瓦德不会再要了，一口对他已经足够了。香槟的味道就像是在苏打水里加药水，以前我们加了糖的雪利酒比这个好喝多了。

不一会儿，阿斯莱小姐，就是艾伯特叔叔的太太，回去换了件白色的礼服裙又回来了，这时她穿得暖和多了。多拉听女佣说，婚礼之后厨师端着一盘热汤在楼梯口拦住了新娘，她想拒绝都拒绝不了，因为我们可怜的新娘今天还滴水未进。我们总算明白了为什么她今天看上去闷闷不乐的。而艾伯特叔叔今天早上却美美地吃了一顿早餐，有鱼、鸡蛋、香肠，还有果酱，所以他闷闷不乐的倒不是饥饿，而是不曾想到结婚和去罗马居然如此破费。

新娘去换衣服前，霍·奥站起身从餐具柜底下拿出那个牛皮纸包，一溜烟地跑了出去。我们原以为在送给新娘前他一定会给我们先看看的，结果他没有。多拉说她知道霍·奥要做什么，不过这是他的秘密，她不好说。

新娘穿着皮斗篷离去了，看上去很暖和的样子。到后来艾伯特叔叔的心情还是好了起来，他把忧虑都抛开，还说起了笑话。他说了什么我记不得了，只是并不觉得好笑，不过看得出来，他想让气氛热烈起来。

没多久，两个有苦难言的新人走了，后面还跟着一辆运行李的马车，行李堆积如山。我们一边欢呼，一边扔大米和拖鞋。阿斯莱老太太和其他老太太们却已是老泪纵横。

再接下来大家说："多么感人的婚礼啊！"随后纷纷离去。我们的小马车来了，大家上了车。爸爸忽然问道："霍·奥在哪里？"我们向四周看看，却不见他的踪影。

"你们还愣在这儿干吗，快去把他找来!"爸爸说，"我不想让两匹马在这里站上一整天，这么冷。"

于是奥斯瓦德和狄克去找他。我们以为他可能会回到宴会那儿去——因为他还是个不懂事的孩子。可他不在那里。奥斯瓦德走时也没顺手拿一个沾满糖浆的冰糖水果。他很容易拿到的，没有人会在意，这算不得什么事，只是不太雅观而已。狄克也没有拿。

我们进了一个个房间，也不理会那些哭泣的老太太们，当然，我们对她们说了声"对不起"。最后走进厨房，那些戴着蝴蝶结的女佣们很漂亮，正坐下来吃她们的午饭。狄克问：

"请问亲爱的厨娘，你见过霍·奥吗?"

"别到这儿来瞎串门!"厨娘说，不过看到狄克一副彬彬有礼的样子，也就不生气了。

"我看见过他。"一个女仆说，"他刚才还在院子里和卖肉的屠夫说过话。他手里拿着个牛皮纸包，说不定他顺便搭他的车先回家了。"于是我们决定回去告诉爸爸，还提到包包里的白色礼物。

"我想他应该是不好意思送那些东西，"奥斯瓦德说，"于是干脆带着它悄悄地先回家。"

于是我们大伙儿上车走了。

"不过那不是普通的东西。"多拉说，"那是另一种惊喜——但这是一个秘密，不好说。"

我们那个善良的爸爸并没有逼着多拉出卖自己的小弟弟。

可我们到家一看，霍·奥没回来，佩蒂格鲁太太也没见过他。爸爸蹬自行车回到雪松庄，看他是不是在那里又出现了，也没有。于是所有的男人都出来到处找。

"他已经不小了，吉卜赛人是拐不走他的。"艾丽丝说。"他也很难看，没人会要他的。"狄克说。

"噢，别这么说！"两个女孩说，"再说他也不是找不到了！"我们一通好找，花了老半天时间，最后佩蒂格鲁太太进来，拿着一个提包，说是卖肉的屠夫送来的。提包上没有姓名地址，可我们一看就知道那是霍·奥的，因为包皮纸上的标签是爸爸买衬衫的那家商店使用的。爸爸马上把它打开。

从提包中我们找到霍·奥的鞋子和背带，还有他最喜爱的一顶帽子和护胸。奥斯瓦德还以为找到的是他的骷髅骨头。

"他跟你们谁吵过架吗？"爸爸问道，可没人跟他吵过架。

"是他心里有事吧？他做了什么错事不敢说出来？"我们一听心都凉了，因为我们听出了他的意思。那包裹太可怕了，就像一位太太扔在海边的旧衣服，外加一封遗书。"没有，没有，没有！"我们异口同声叫起来，"今天整个上午他都高高兴兴的。"

狄克忽然扑向桌子。霍·奥的一只鞋子给弄翻了，里面有个白色的东西。是封信。一定是霍·奥离开家前写的，上面说：

亲爱的爸爸和朋友们：

我要去做一个小丑。等我发了财，就会打着滚回来的。

爱你们的

霍拉斯·奥克塔维厄斯·巴斯塔贝

"打着滚回来？"爸爸问。

"他的意思是在一大堆钱里打滚。"艾丽丝说。奥斯瓦德发现，围绕着霍·奥那双鞋子摆放的桌子，大家看得脸都变了色，就像把盐撒进了金鱼草里。

"噢，天啊！"多拉叫道，"原来是这样。怪不得他叫我给他缝一件小丑的衣服，还对谁都不说。他说他要给玛格丽特阿姨和艾伯特叔叔一大惊喜。我没有想到这事这么糟糕，"多拉拉长了脸说，接着又补了一句，"噢，天啊！噢，天啊！噢，噢，噢！"她说着说着就大哭大嚷起来了。

爸爸看起来有点儿心不在焉，但仍然非常慈爱地拍拍她的背。

"他又能去哪里呢？"他说，他似乎不是在问我们中间的某一个人。"我看到卖肉的屠夫，他说霍·奥要他把这个包裹送回来，人又回到雪松庄去了。"这时候狄克咳嗽了一声说："我原来以为他只是随便说说的。那时诺奥尔讲到去罗马唱歌赚里拉，霍·奥确实说过，如果诺奥尔对罗马里拉那么着迷，他完全可以悄悄逃到那里去。"

"逃到那里去？"爸爸坐下来，吼了一声。

"所以躲到玛格丽特阿姨的装衣服的大藤箱里去——就是我们玩捉迷藏时她让他躲进去的那个。在诺奥尔讲了赚里拉这件事，说意大利人很有诗意之后，他就曾多次提到这个藤箱。你们还记得吗，那天我们做了太妃糖。"

我爸爸做事说一不二，他的大儿子也如此。"我这就上雪松庄去。"爸爸说。

"请带上我去，爸爸。"儿子果断地说，"你也许要先发封信吧。"

转眼爸爸就跨上了自行车，奥斯瓦德坐在车后面，向一个危险但叫人快活的地方——雪松庄奔去。

"你们好好用下午茶点，别又有谁不见了，我们回来得晚就别再等了。"我们骑车走时，爸爸回头对他们叫道。这时候，有头脑的奥斯瓦德是多么高兴他是大儿子啊。坐在自行车上，虽然在暮色中十分冷，可奥斯瓦德一点儿不抱怨。

到了雪松庄，爸爸用严肃且经过深思熟虑的话说明了事情的来龙去脉后，就到过了门的新娘房间里去找起来。

"因为，"爸爸说，"如果霍·奥真像蠢驴似的钻进那藤箱，他一定得拿出些东西好腾出空来让自己钻啊。"

果然不假，我们找着找着，发现床底下有一大包用床单包起来的衣物——全是带花边的东西：裙子、缎带、浴衣和装饰品。"请你把这些东西收拾一下，装到另一个箱子里，我要带着它赶上去多佛的快车。"爸爸对阿斯莱老太太说。她收拾东西的时候，爸爸还一个劲地向几位不停哭泣的老太太解释着，他为儿子的这种行为致歉——那也无济于事。

奥斯瓦德说："爸爸，我希望你带上我。我不会给你添乱的。"

或许爸爸担心我独自一人摸黑走路回家，又不愿麻烦阿斯莱家派人送我回去，就把我带上了，不过，他说，他把我带去只是出于后一种考虑。但是我却希望，他带我是想和有个跟他同样果断的儿子在一起。

于是我们起程了。

这段旅程让人心急。因为新娘在多佛的旅馆打开藤箱时，看到的不是梳妆袍和缎带，准保又哭又叫，而痛苦脏乱的霍·奥，我们可想而知，一定会把她吓得昏过去！

爸爸依靠抽烟来打发时间，可怜的奥斯瓦德这一路上既吃不上薄荷糖又找不到一点儿甘草糖，可他还是忍受住了。

我们到了多佛，艾伯特叔叔和他太太刚好也在火车站。

"怎么啦？"艾伯特叔叔问，"出什么事了？我希望家里一切安好。"

"我们把霍·奥弄丢了，"爸爸说，"他应该会在你们这里吧？"

"没有啊，你开什么玩笑？"新娘说，"不过我们倒是丢了个藤箱。"

丢了个藤箱！听到这话，我们一下惊呆了，语塞了。还是爸爸反应快，开了口，说出了事情的原委。新娘听说我们给她送回了缎带之类的东西，心里正乐着呢，可我们站在那里却急得要命，因为霍·奥看来是真丢了。藤箱这会儿可能在去利物浦的路上，或者正在英吉利海峡中晃荡着，霍·奥却一去不复返了。这话奥斯瓦德没敢说出口。

就在这时，火车站站长忽然拿着一份电报跑了过来。

电报上的内容是这样的："一个没有标签的藤箱被人留在了大炮街，因为里面发出怪响声，需要检查，被怀疑是电动机器。"

爸爸给他讲了霍·奥的事，他愣住了，过了半晌才明白过来，赶紧把电报给我们看。他大笑着说要回电给对方，想办法让那机器开口说话，只要它一开口就让它出来，由它的爸爸去领取。于是我们往伦敦赶去，心情也轻松了，可仍旧舒展不了，因为我们早已是饥肠辘辘。奥斯瓦德非常后悔没拿点儿冰糖水果。

我们赶到大炮街时天色已晚，直奔行李处去。管事的坐在一条长凳上，一副和蔼可亲的样子。霍·奥也在这里，这个逃走的小坏蛋穿着红白相间的小丑衣服，满是灰尘，脸上脏兮兮的，坐在别人的一个铁皮箱上，两脚踏在一个手提包上，正吃着干酪面包，喝着罐头麦芽酒。

爸爸上去认领了他，奥斯瓦德去看了看那藤箱，箱子很大。箱子里面的顶部有一个托盘，上面放着好几顶帽子，霍·奥曾经就藏在它们底下。我们三人在大炮街旅馆过了一夜。那天晚上爸爸没有对霍·奥说任何话。上床后，我想让霍·奥告诉我到底都发生了什么事，可他已经累坏了，还憋着一肚子气。我猜想也许是喝了麦芽酒和在藤箱里颠簸了太久的缘故。第二天我们回到护城楼大宅，由于昨天晚上就收到了来自多佛的电报，提心吊胆的家人已经冷静了不少。

爸爸说他晚上要和霍·奥好好谈谈，不把这事做个了结那后果是很严重的。霍·奥也活该如此。

这个故事要说清楚不容易，因为有许多事情同时都在各地一起发生。下面是霍·奥对我们说的原话，他说：

"别插嘴……让我一个人说完。"

我们对霍·奥非常的客气大度，因为他至少给我们讲述了所发生的故事。他可不会像奥斯瓦德那样，能把故事从头到尾讲完，尽管如此，本书的作者还是将他那支离破碎的故事整理成下面的样子。我相信这就叫编辑的能力吧。

"都怪诺奥尔，"霍·奥说，"他干吗提起罗马呢？一个小丑也比一个该死的诗人好！你们还记得我们做太妃糖的事吗？对了，我就是在当时想到要做这件事情的。"

"可你并没有告诉我们。"

"不，我说过。我基本上对狄克说了。他没有说什么，或者给我什么忠告，他的过错跟我的没有区别。爸爸今天晚上会找他谈话，而且谈话方式跟我一样……还有诺奥尔。"当时我们忍住了没说什么，因为我们还想听他讲下去，否则我们会打断他的。

"也罢……我在想，如果诺奥尔是个胆小鬼，我可不是，我可不怕钻藤箱，虽然里面黑乎乎的，我会在铁路上用小刀挖些洞来透气。看来我把标签绳子给割断了，以致后来它散落了一地，我从透气孔看得一清二楚，可我什么都不能说。我觉得他们应该好好照看行李，假如丢了我可对他们不客气。"

"说吧，你为什么要这么做，亲爱的霍·奥？"多拉问道，"不要怨天尤人了。"

"说起来这应该还得怪你，"霍·奥说，"是你答应我去做套小丑服的。你没说半个不字，结果就变成这样了。"

"噢，霍·奥，你真是不知好歹！"多拉说，"当时你只说要给新婚夫妇一个惊喜。"

"假如他们在罗马找到我，那确实是个惊喜。我会穿着小丑服，像玩具盒里的跳跳人一样，从藤箱里蹦出来，并对他们说：'我们又见面了！'可结果呢，一事无成，害得爸爸今晚找我去谈话。"霍·奥说话间隙时就会吸吸鼻子，不过我们只当没看见，我们想他继续说下去。

"那你为什么不直接对我们讲呢？"狄克问道。

"你们很可能会把我关起来。每次我只要做了你们意想不到的事情，你们就会对我这样。"

"你都带些什么去了，霍·奥？"艾丽丝急忙问，因为这时候霍·奥已经不再发出吸鼻子的声音了。

"噢，我那儿留下不少吃的，只是我忘带了。它们在房间的五斗橱柜底下。我带了一把小刀……我是在阿斯莱家那个橱柜里穿好小丑服的，就套在我衣服的外面，我担心可能会冷。然后我把藤箱中那些女人用的东西拿出来，藏在一边……那个放帽子的托盘我先放在旁边的椅子上，然后我爬进藤箱，再把托盘举到头顶上，坐下来，再把它放回到我头顶上，要知道它有一根横着的木条做支撑。这么好的点子你们肯定想不到，更不要说做得到了。"

"幸亏我想不到。"多拉说，可霍·奥哪里听得进去，他接着说：

"等他们捆扎藤箱时我就开始有点懊恼了，那多闷热啊！在车上我只好挖孔来透气。车子颠簸得厉害，我还割破了拇指。他们把我扔来扔去，好像我是块煤炭似的——而且常常把藤箱颠倒过来。火车一个劲儿摇来晃去，我晕车，就算带了食物也没胃口吃。我还带了一瓶水。在瓶盖没丢掉时一切都还好，可后来瓶盖丢了，因为箱子里太黑，一直找不到。等到水洒光了，我才找到那该死的瓶盖。"

"咚的一声他们把藤箱扔到站台上，我大喜过望，藤箱终于不再晃动了。我坐了一会儿，困得就想睡。这时我朝外看去，看见标签掉了，就在不远的地方。有人朝藤箱踢了一脚，真粗鲁，我恨不得回踢他一脚！你是个什么东西？我想我只是低低地说了一声，低得像兔子声。于是有人说道：'听上去像有个活口，是吗？怎么没标签呢？'其实他正好站在标签上面。我看到绳子就在他该死的鞋底上。接下来他们把我扔到了什么东西上，像是一辆手推车，接着又把我扔在一个黑暗处，黑得伸手不见五指。"

"我想知道，"聪明的奥斯瓦德说，"他们怎么会想到你是一部电动机器呢?"

"噢,那真是太可怕了!"霍·奥说,"是我的挂表。我真无聊,竟给它上了发条。自从发条断过后,你们都知道它的声音有多怪。我听见有人说:'嘘!那是什么声音?'有人说:'听上去似乎是个爆炸装置。'……别打断我,多拉,这话是他说的,不是我说的……'如果我是巡警,我就把它扔到河里去,管它三七二十一。就这样,把它扔了算了。'可是另一个人说:'还是别碰它。'就这样我没有被扔到河里去。他们又叫来一个人,商量了许久,最后我听到他们说报警。我只能由他们摆布了。"

"可你怎么办?"

"噢,我使劲在藤箱里踢,我听得出他们全吓坏了,我还叫了起来:'哎,快放我出去吧!'"

"他们把你放了吗?"

"放了。可那又过了好久,我透过藤箱和他们说了老半天。他们打开藤箱时,我发现周围已经围了一大群人,都在笑。他们给我干酪面包,说我是个勇敢少年。爸爸要是没耽误这么长时间就好了,他今天一早就该跟我谈的。我不认为我做了出格的事,也怪你们没好好照顾我。我不是你们的小弟弟吗?教我如何做好事可是你们的责任。你们平常总是这么对我说的。"

最后这句话让奥斯瓦德忍无可忍,他大骂起来。霍·奥便哭个不停,多拉哄他,虽然他已经大得不再需要姐姐哄了。他便靠在她膝上休息,还说不吃晚饭了。

那天晚上本来爸爸要来跟霍·奥谈话的，却没有谈成，因为霍·奥生病了。不是装病，而是真的病了，我们请来了医生。医生说他因担惊受怕而发起了烧，可我心里觉得很可能是吃东西吃坏了肚子。他摇动了好半天，最后吃了干酪面包，还喝了一罐麦芽酒。

他病了一个星期。等他好点儿后，也没人愿意跟他多说什么了。爸爸是全英国最讲情义的人，他说这孩子已经受够折磨。这话说得没错，他没去看成哑剧，没去嘉里克戏院看《摇头的彼得》——这戏好看得不得了，和我看过的戏的确不一样。演孩子的演员像极了，我想他们也许读了很多写我们的书。而且还吃了许多我觉得最难吃的药。我怀疑会不会是爸爸存心叫医生开难吃的药来惩罚他。女人或许会这样，男人一般没这么有心计。反正是吃一堑长一智吧，现在我们没有谁打算再逃走了，谁鼓动我们都没用，我看霍·奥也不会想再出逃一回了吧。

他受到的惩罚就一个：眼睁睁地看着爸爸当着他的面把那件小丑服给烧掉。布料和红镶边可都是用他自己的积蓄买来的。

当然，等到他痊愈以后，我们会教他不要怨天尤人。这也正如他自己说的，他是我们的小弟弟，但我们不会忍受他那些无理的要求。

2

本章讲的是妈妈去世近一年后那个圣诞节的事情。说到妈妈我还有点儿写不下去——不过就说一件事吧。如果她只是短暂离开而非一去不返，我们是不会如此渴望过这个圣诞节的。当时我却没弄明白，可如今我长大了，也渐渐懂事了。正是因为一切都变了，妈妈的离去让我们感到害怕，必须找点儿事情来做，不管干什么都行，无所事事只会生出更多的烦恼。

可就在圣诞节临近时，爸爸突然要离开我们出一趟门。据说是那个骗了他钱的合作伙伴卷款潜逃去了法国，他想去把他追回来。后来我们才知道，那个人其实在西班牙，而据说在西班牙，罪犯是永远都抓不到的。

临走前，爸爸把多拉和奥斯瓦德叫进他的书房，说："很抱歉我必须得走，这是生意上的事，很重要，我非去不可。我走了以后你们乖乖的，行吗？"接着他又说："今年不能在家好好陪你们过圣诞节了，这是没办法的事，告诉你们也不明白。我已让玛蒂尔达给你们做一个素心布丁。明年吧，明年的圣诞节一定会让你们过得开心。"（事情的确如此，第二年圣诞节我

们成了一位有钱的印度叔叔的侄儿侄女，过了几天好日子，不过这已经是另外一个故事了）

我们一起来到刘易沙姆火车站送爸爸，他带了一些行李，有一条用带子扎着的彩格呢毯子。送走爸爸以后，我们便回到家里，看到他收拾过的房间纸张扔得到处都是，各种东西杂乱地摆放，那种人走后的冷清迎面袭来，真叫人感到难受。我们开始收拾房间，这是我们能为他做的唯一事情。可是祸不单行，狄克失手打破了他剃胡子用的镜子，霍·奥用封信折了一只纸船，后来才发现，这封信是爸爸特地保留下来的。收拾完房间，我们回到儿童室，炉火已经灭了，就算用了很多《记事日报》也没法让壁炉生起火来。当时做我们总管家的玛蒂尔达夫人也不知去向，就跟火一样地消失了，我们待在厨房里，因为厨房里的炉火总是旺旺的，我们就在壁炉前的地毯上铺上报纸坐下。

奥斯瓦德说："爸爸说由于什么不可告人的原因，我们不能好好过圣诞节了，他已经请玛蒂尔达给我们做了布丁。"

这种什么都不放的素心布丁顿时在我们幼小的心灵中埋下了忧郁的阴影。

"我不知道她会把它做得素成什么样？"狄克说。

"那就像清水一样，没得说。"奥斯瓦德说，"一个随你爱吃不吃的布丁——那是她的老一套了。"

大家叹着气，我们越挪离炉火越近，直到屁股下面的报纸一个劲儿地发出窸窸窣窣的响声。

"只要让我试试，我敢说定能做一个不是素心的素心布丁。"艾丽丝说，"我们干吗不自己做呢？"

"你有钱吗？"奥斯瓦德沮丧地说。

"那得多少钱？"诺奥尔问道。大家凑了凑，多拉有两便士，霍·奥还有个法国硬币。

多拉从梳妆台的抽屉里找出那本烹饪书，它一直被卷着和衣夹、抹布、扇贝、绳子、廉价小说、瓶塞起子等杂物放在一起。书页上还沾着很多面粉，就像我们那位总管家——她所做的点心都是在这本烹饪书上而不是在烤箱里完成的一样。

"这上面根本没有圣诞布丁的做法。"多拉说。

"那就查看葡萄干布丁。"足智多谋的奥斯瓦德马上建议。

多拉急匆匆地翻着那些油腻的书页。"葡萄干布丁，518页；葡萄干什锦布丁，517页；葡萄干圣诞布丁，517页；葡萄干白兰地布丁，241页……葡萄干无蛋布丁，518页；素布丁，518页。不用找了，就这……葡萄干圣诞布丁，517页——就是它了。"

她找了半天。奥斯瓦德在炉火上加了煤，火突地冒起来像头咆哮的大象。《每日电讯》一直是这样说的。接着，多拉念给大家听："葡萄干圣诞布丁，时间六小时。"

"够吃六小时？"霍·奥问道。

"不，傻瓜，是做六小时。""继续念啊，多拉。"狄克说。

多拉接着念道："一磅半葡萄干；半磅黑加仑子；四分之三磅面包粉；半磅面粉；四分之三磅牛板油；九个鸡蛋；一杯

白兰地酒；半磅香橼和橘子皮；半个肉豆蔻；一点点姜末。我不知道这一点点是多少。"

"我想一茶匙就够了，"艾丽丝说，"我们不用搞大排场。"

"我们也没办法搞大排场，"奥斯瓦德说，他那天正好牙疼，"有了这些东西之后又怎么做呢？"

"先把牛板油剁碎，我不知道怎样才算剁碎，"多拉说，"书上也没有解答这个问题。然后把面包粉和面粉和好，再加上洗干净的黑加仑子干。"

"不用加淀粉了吗？"艾丽丝说。"把香橼和橘子皮切成薄片。也不知多薄才算薄？玛蒂尔达做的牛油面包薄片跟这可是两码事。无核葡萄干要分出来。分成多少堆呢？"

"我想该分七堆吧，"艾丽丝说，"一人一堆，还有一堆放进锅里——我是说放进布丁里。"

"加上磨碎的肉豆蔻和姜末，全放在一起搅拌均匀，然后加上九个调匀的鸡蛋和白兰地酒。我看酒就免了吧。再把它们彻底搅拌，直到所有东西都搅在了一起。然后把它们倒进一个抹上牛油的模子中，封好模子，蒸上六个小时。食用时加上槲枝作装饰，浇点白兰地酒，就成了。"

"加上槲枝再浇白兰地酒。那真是糟透了。"狄克不喜欢这样。

"关于这点，我想书自然有它的道理，但我认为槲枝和水也可以。'这布丁可以在圣诞节前一个月先做好。'这话用不着读了，因为还有四天就是圣诞节了。"

"全都不用读了，"奥斯瓦德深思后说了一句，"因为我们没有这些东西，我们也没有钱去买。"

"说不定我们能弄到钱。"狄克说。

"一定会有不少人捐赠圣诞布丁给那些没有圣诞布丁吃的穷孩子们。"诺奥尔说。

"算了，我还是去佩恩溜冰场去玩溜冰。"奥斯瓦德说，"这么想布丁没有用。我们只能乖乖地等着吃素心布丁了。"

说完他就走了，狄克跟在他后面。

傍晚回到家时，他们发现儿童室的炉火已经生了起来，其他孩子在吃茶点。我们把面包只烤一面，牛油热热的，这种烤法就叫法式烤面包。"我比较喜欢英国式的，但花钱多些。"艾丽丝说，"你给厨房的炉子里加点儿煤，玛蒂尔达已经有点儿生气了，奥斯瓦德。她说煤不够用了，或许过不了圣诞节。爸爸临走时已经说过她——问她是不是要吃很多煤。她说是的，但我不相信爸爸会这么说。玛蒂尔达已经锁了煤房的门，钥匙在她那里。我看我们是没有法子蒸布丁了。"

"什么布丁？"奥斯瓦德如梦初醒。他正在想找个小孩一起玩，他在溜冰场上转了不到几圈，就溜出了1899这个数字。

"就是刚才说的那个布丁啊！"艾丽丝说，"噢，我们谈了老半天了，奥斯瓦德，多拉和我上店里去问过布丁的价钱，算上槲枝，一共只要两先令十一个半便士。"

"那根本就没用。"奥斯瓦德又说了一遍。他很有耐心，同一句话想说几遍就说几遍。"没有用。要知道，我们没钱。"

"哼!"艾丽丝说,"可诺奥尔和我到格班基尔公园和达特毛斯山走访了一些人家。我们讨来许多六便士硬币和先令,一便士硬币就更多了,有位老先生还给了一个半克朗的硬币。他真是好人。他的头发已经全没了,穿一件红蓝相间的毛背心。我们现在已凑了八先令七便士。"

奥斯瓦德可能想说,爸爸是不高兴我们去向陌生人讨钱的,可他没说出来。不仅去讨了,而且钱也到手了。这也是没办法的办法——他也想要那布丁——我记不清当时为什么没人说这样做不对,况且他也没有说。

第二天一早,多拉和艾丽丝出去采购所需的东西。她们买的是双份,因此花了五先令十一便士,足够做一个大大的布丁,留下点钱买槲枝准备做装饰品,只用很少一点儿买调味酱。剩下的钱用来满足我们的胃口,买了很多枣子、无花果和太妃糖。

这事我们没告诉玛蒂尔达。她长着一头红发,常为点儿小事发脾气。

我们把大包小包的东西藏在大衣里带进了儿童室,藏到我们的藏宝柜——一个五斗橱里,并把柜子锁了起来。杂货店的人告诉我们,在布丁里要放糖浆,姜末不超过一茶匙。所以我们买了很多糖浆,在等候做布丁的时候,橱柜里的绿呢布和小抽屉里被弄得满是糖浆。

玛蒂尔达假装在厨房擦地板时,我们也把儿童室的门锁上并开始做布丁的计划。她一般每个礼拜给厨房擦三次地板,那时她就不让我们进厨房，可我知道她大部分时间在看小说，哪里是擦地板，艾丽丝和我不止一次从窗外偷看到这一切。我们很注意清洁，把手和黑加仑子洗干净。我甚至觉得黑加仑子上还有肥皂味，因为后来在切布丁的时候，它冒出一股做清洁的气味。我们把桌子洗干净用来剁牛板油。剁牛板油可不是个轻松活儿，说说容易，做起来难。

我们把爸爸称信件重量的天平拿来称东西。我们称得很认真，担心杂货店的人没称准。结果样样都对，只有葡萄干不对。这是霍·奥拿回来的，都怪他年纪小，袋角上还挖一个窟窿，而且他的嘴上也黏糊糊的。我们告诉霍·奥，有的人没干什么坏事，但是却因偷东西被人家用链子吊在绞架上，直把他说得哭了起来。我们认为这对他是有好处的，而这也是我们做哥哥姐姐的责任。

看来我说的没错，要把牛板油剁好的确比我们想象的要难得多。把面包弄碎也不是件易事，特别是刚出炉的新鲜面包。等我们弄碎了面包，剁好了牛板油，它们还是大颗大颗地堆在那儿，黯淡无光。加入面粉搅拌之后，颜色才稍微好看些。姑娘们已经用肥皂和海绵洗好了黑加仑子。海绵里钻进了不少黑加仑子，以至于几天后洗澡时还会钻出来。现在看来，我们确实是手艺不佳。我们把蜜饯果皮切得太薄，本想把葡萄干的核挖掉，可它们黏得太紧，我们只好连核一起分成七堆。然后我们拿出卧室里那个存放不用的洗手盆来搅拌其他的东西，把每人自己的那份葡萄干放进去，再把所有的东西倒进布丁盆，用艾丽丝的一条围裙封住。那围裙是我们找到的最像布丁罩布的东西，关键是它非常干净。

"还是有点儿肥皂气味，"艾丽丝说，"不过也许蒸得掉，像台布上的污迹一样。"

然而蒸布丁却成了我们最大的难题。我们打算去请玛蒂尔达教我们蒸，但她此时正在发火，因为有人把她挂在餐具室门上的帽子碰掉了，就落在平切儿的爪子上，被抓坏了。不过就在大伙儿听玛蒂尔达诉说她帽子的时候，有人偷偷拿走了煎锅。我们用它从浴室端来热水，架在儿童室壁炉的火上把水煮开，然后好把装布丁的盆子放在开水里蒸。这时快到吃下午茶点的时间了，我们可以让它慢慢蒸着。火渐渐变小了，玛蒂尔达急忙上来加煤，这时它才蒸了一刻钟。玛蒂尔达进来说："你们不要拿我的煎锅去玩。"她说着就要把煎锅从火上拿走。可想而知，我们决不能让她拿走。我记不清是谁叫她快住手，也忘了是谁搂住她不让她拿。我敢说绝对没有什么粗暴的举动，只是在挣扎的时候，艾丽丝和多拉拿走了煎锅，把它藏到楼梯底下的鞋柜里，并上了锁，把钥匙藏进口袋里。

这场冲突弄得每个人都非常恼火。不过我们还是比玛蒂尔达先平静下来，并在睡觉前把她哄开心了。吵架多半都会在睡觉前结束，《圣经》里是这么说的。如果人人都遵守这简单的规则，那么就不会有那么多战争和牺牲、诉讼、审判以及流血了。

一切又恢复了平静，屋里的煤气灯纷纷熄灭了，只有下楼梯平台上的那一盏。不一会儿几个鬼鬼祟祟的黑影蹿到楼下的厨房里去了。

路上我们小心翼翼地把煎锅拿出来，厨房冒着红红的炉火，火苗也不高。放煤的地下室已经上了锁，煤箱里空空如也，只剩些煤屑和垫在箱底的一张牛皮纸，用来挡住煤不会从箱底的窟窿里漏出去。我们把煎锅放在火上烧，堆上燃烧物。两本《记事日报》、一份《每日电讯》和两份《家庭信使》就是我们的燃料。尽管把它们烧了，也起不了多大作用。我敢说，这锅蒸布丁的水就别指望今晚会烧开了。"没关系。"艾丽丝说，"明天我们每人只要进厨房就捞点煤带出来。"

第二天，大家忠实地照计划去做了，到晚上我们弄来的煤、焦炭和煤渣差不多可以装大半个纸篓。夜深人静时我们又一次出现了，不过这一次是拿着满纸篓的煤下到厨房。

那晚我们把炉火烧得旺旺的，加上我们搞来的燃料，火力足够了，蒸布丁的水不停地沸腾着。蒸了大约两小时，我们靠在厨房的案头和餐桌上睡着了。突然我们被一股难闻的气味呛醒了，原来是布丁蒸煳了。锅里的水早已蒸干，我们再加凉水时，煎锅一下子炸裂了。于是我们洗干净煎锅，把它放回架子上，另外再拿出个备用的，这才回去睡觉。为了做布丁，再苦再累也值得。离圣诞节只剩下两天了，每天晚上我们都摸着黑下楼去蒸布丁，尽可能多蒸一些时间。

圣诞节清晨，我们剁碎槲枝放到调味酱里，只是找不到白兰地酒，便加了点开水，还放了糖。有人说味道不错，可奥斯瓦德不这样认为。

照爸爸吩咐做的素心布丁终于热气腾腾地上了桌。玛蒂尔达刚把它拿进来就立刻出去了，我记得那天她有一个表姐要在沃尔威治兵工厂与她见面。那些遥远日子的记忆至今仍清楚地刻在脑海里。

接着我们赶紧把自己做的布丁从藏匿处拿出来，匆匆忙忙把它蒸上，只蒸了七分钟，因为大家都等不及了。奥斯瓦德和多拉也拿我们没办法。

我们先前藏了一个大碟子，现在找出来要把布丁倒扣在上面。而布丁这时牢牢地粘在锅里，要用凿子才能把它撬下来。这布丁是灰色的，样子很丑。我们给它浇上榭枝调味酱。多拉拿刀准备切，霍·奥开口说了两句话，让我们的好心情一下子全没了。

他说："如果那些施舍我们硬币的好心人，再看看他们帮过的这群穷孩子，他们别提会有多开心了！"我们一起问道："为什么？"话说得不客气，但也没法客气了。

"我是说，"霍·奥答道，"如果他们知道我们是为了做布丁吃，而并非是什么又穷又脏的要饭娃，他们会高兴的。"

"你是说，"奥斯瓦德硬邦邦地说，"你和艾丽丝打着穷孩子名义去讨钱，结果却把钱留了下来？"

"我们没有留下，"霍·奥说，"我们都花掉了。"

"可把这东西还是留给了自己，小傻瓜！"狄克说着，看看碟子上没人搭理的布丁，"为穷孩子讨的钱都留给了自己用，这也是偷盗。对你我还是少说两句，你还小不懂事。可艾丽丝该懂事啦，你怎么也这样做？"他转头去看艾丽丝，她这会儿已泣不成声。

霍·奥心里有点儿怕，但他勇于承担责任，这跟我们长期对他的教导分不开。后来他说："我当时想，把自己说成穷孩子会让他们多给些。"

"那是欺骗的行为，"霍·奥说，"那你也在欺骗！"说着就哭了起来。

我不知道别人的想法，可从奥斯瓦德那儿我能感觉到，巴斯塔贝家的荣誉这一回算是给彻底毁了。他看着那堆做调味酱用剩的槲枝，样子怪怪的，让人不好受，虽然上面有不少浆果，有绿的有白的。无花果、枣子和太妃糖摆放开来像是在玩过家家，这情景让奥斯瓦德觉得脸红。他承认，他真想给霍·奥一巴掌，也想给艾丽丝一点儿颜色。

这时艾丽丝一边抽泣，一边擦着眼睛说："这不怪霍·奥，都是我的错，我比他大。"

霍·奥却说："也不关艾丽丝的事。我当时不知道这是错的。"

"为什么？"多拉喃喃说着，用胳膊搂住这个让全家丢脸的"罪人"，这种少女的柔情往往只能是好心办坏事，"就说给姐姐听吧，霍·奥宝贝。为什么不怪艾丽丝呢？"

霍·奥抱着多拉，抽泣着嗡嗡地说："她和这事没关系，是我去讨的。她连一家也没进，她不想去。"

"然后弄到钱就算她的功劳。"奥斯瓦德用不屑的口气说，"不过也算不得什么功劳。"

"你们都不是好东西，多拉除外。"艾丽丝显得很生气并带着绝情跺着脚说，"我的裙子被凸出的钉子钩破了，我没办法去。我叫霍·奥一个人到那些人家里，我一直在外面等。我还求他回来后不要说什么，因为我不想让多拉知道裙子的事，这可是我最好的一条裙子。我不知道他在别人家里说了什么，他没有告诉我。不过我保证，他说的都是骗人的鬼话。你们不是说，有那么多好人都想出钱让穷孩子们吃上布丁，所以我也是求他们给点儿钱让穷孩子吃上布丁。"

奥斯瓦德挥挥他有力的右手，想把这事挥得一干二净。"这事我们改天再说，"他说，"现在我们要谈更重要的。"

他指指布丁，那些布丁在我们争论时已经变凉了。霍·奥这时停止了哭泣，可艾丽丝却仍在流泪。奥斯瓦德说："我们是给家庭蒙羞的人。现在得把这个布丁送走，否则我们没脸见人。这布丁一定要送到真正穷孩子的嘴里，而不是些假装出来的穷孩子，要让真正的穷孩子吃上这个布丁。"

"另外还有无花果……还有枣子呢。"诺奥尔有点恋恋不舍地说道。

"所有的无花果，"狄克坚定地说，"奥斯瓦德说得对。"

一旦做出这个高尚的决定，我们的心里都好受了许多。我们赶紧穿上自己最好的衣服，把脸和手都洗洗干净，然后就忙着去找那些真正的穷孩子，找到后再把布丁分给他们。于是，我们先把布丁切成片，放到篮子里，再放上无花果、枣子和太妃糖。起初我们没让霍·奥跟我们走，虽然他很想去。可到后来如果不带着他，艾丽丝也就不和我们走了，只好让他也跟着去了。这种全身心投入去做善事的感觉让我们兴奋不已，也多少弥补了我们在崇高感情方面所受的创伤。正如诗人所说——让受伤的心得到慰藉。

我们一起来到大街上，街上静悄悄的——我想，这个时候差不多人人都正在享用圣诞大餐后的点心吧。还好，不多久，我们就遇到一个穿着围裙的女人。奥斯瓦德走上前彬彬有礼地说："请问你是穷人吗?"那女人瞥了我们一眼，挥挥手赶我们走开。

又过了一会儿，出现了一个衣衫褴褛的男人，左脚的靴子上还有个窟窿。于是，奥斯瓦德又跑过去对他说："请问你是穷人，家里还有穷孩子吧?"

那人看着我们，说道："你们开什么玩笑，再这样就要你们的屁股开花。"听他这么一说，我们只好默默地继续往前走。我们哪还有心情跟他去解释，说我们没和他开玩笑什么的。

我们来到方尖碑附近的时候，碰到了一个年轻人。这回去问的是多拉，她对那个年轻人说："噢，如果你喜欢，我们的这个篮子里有一些圣诞布丁，如果你是一个穷人，你就可以吃。"

"我就像《圣经》里那个约伯一样穷。"年轻人用沙哑的声音说道，说这句话时他还得把红围巾拉下。我们马上给了他一片布丁，没想到他连声谢谢都没说，就一口咬住布丁。可眨眼工夫他又把布丁扔到多拉的脸上，还一把抓住狄克的衣服。

"我现在非把你们扔到河里去不可，你们这群该死的孩子！"他大声地叫道。

姑娘们尖叫起来，男孩们也大喊大叫，只见奥斯瓦德向欺负他姐姐的人扑了上去，像个男人那样用尽了浑身的力气，可若不是他那位当警察的朋友正好路过，简直不敢想象接下来会发生什么事，这也是本书作者感到意外的。那年轻人力大无比，而奥斯瓦德毕竟还是一个孩子，他的力气远远不够，而且那条魁吉河离他们又是那么的近。

警察朋友把攻击我们的人拉开，我们依照警察说的在旁边紧张地等待着。过了好一会儿，那个围红围巾的年轻人叽里咕噜地走了，警察朝我们走来。"他说你们给他一片布丁，可咬下去却是肥皂和洗发水的味道。"我想洗发水也就是香皂的味道。我们感到非常抱歉，不过我们还是得想法把这个布丁给派发出去。魁吉河就在附近，扔掉很容易，可我们收了钱是要让穷人吃到布丁，都已经做出来了，却扔到河里，就没有道理了。好心人捐的先令、六便士、半克朗，做出的圣诞布丁不是用来填饱河水的。

经过这次教训，我们不敢再问人家穷不穷了，包括问他们的家人，甚至更不敢请人吃布丁了，他们会在我们溜走之前就品尝出香皂的味道。

还是我们所有人中最不怕丢脸的姑娘艾丽丝想出了个好主

意。她说："把它送到工作间里，那里都是穷人，他们出来还得请假，因此只能在里面吃布丁。没有人准假，他们就不能出来追送布丁的人，这样就伤害不了我们，于是，我们就可以放下良心上的这个布丁——良心钱做的布丁。你们都明白，我说的不是钱而是布丁。"

到工厂去要走好远的路，可我们还是去了。外面很冷，我们的肚子也走饿了，但心里还是挺兴奋的，谁都没有停下来去吃那个由好心的父亲吩咐人给我们做的圣诞大餐——那个素心布丁。

我们来到厂门口，然后拉响门铃，一个人给我们开了门。奥斯瓦德开了口——之所以要他来说，完全是因为除了多拉就数他年纪最大了。至于布丁，多拉说得已经够多了。只听他说：

"对不起，我们是给穷人送布丁来的。"开门人认真看了看我们，又看看篮子，然后说："你们最好去和主管说。"

我们进了工厂，来到一个大厅里等待。这时我们觉得越来越不舒服，觉得我们这哪里是在过圣诞节。当时我们都很冷，尤其是手和鼻子。我们心里想，万一主管很凶怎么办，我们越想就越不敢见他。我想肯定有人会这样想：早知如此还不如当初把这些布丁打发给魁吉河算了，然后再想别的法子回报那些给我们钱的人，还有那些穷人们。过了一阵，艾丽丝终于忍不住了，她在奥斯瓦德冻得发痛的耳边诚实地说："我们把这篮子放下，赶紧逃吧。噢，奥斯瓦德，我们就这样办吧！"

这时候，一位女士沿走廊走来。她的身子挺得笔直，一双蓝眼睛似乎能够看穿你的一切。我当时就想，如果她的想法与我的不一致，我可要顺着她。接下来的事看来没那么糟，因为我们不会一直那么倒霉。她看着我们，温和地问道："说说这布丁是怎么回事吧？"

我们还没来得及开口，霍·奥就抢了先："他们批评我偷布丁不对，所以我们把它送来给穷人们吃。"

"不对，我们没说他偷布丁！不是这样的！"

"钱是别家给的！""给穷人的……闭嘴，霍·奥！"大家同声说道。

这时，房间里静了下来，静得让人觉得不自在。那位女士用尖锐的蓝眼睛朝我们一个个地打量着，然后说道："你们现在到我的房间去吧，看看你们都快要冻僵了。"

她把我们带进一个温暖舒服的房间，有丝绒毯子，炉火旺旺的，屋里点着煤气灯，因为外面的天色已晚。她让我们坐下。奥斯瓦德觉得自己像是在被告席上，像个罪人，而那位女士就像是法官。

接着她自己坐在靠壁炉的扶手椅上，看着我们说："你们中间谁最大？"

"我最大。"多拉说，她看上去像只吓破了胆的大白兔。

"那么请告诉我，这到底是怎么回事？"

多拉看着艾丽丝，哭了起来。那片打在脸上的布丁让这个一向温柔的姑娘此刻更加丧失了勇气。艾丽丝的眼睛也是红红的，脸都哭肿了，不过她还是开了口，替多拉把话说了出来："噢，还是让奥斯瓦德说吧。多拉已经没力气了，她走了很远的路，已经走累了，再说还有人把一片布丁扔在她的脸上……"

那位女士点头让奥斯瓦德说话。他从头开始说起，他向来都是这样照大人教的样子去说话的，虽然他很不愿意在外人面前说出损坏自己家族荣誉的话，不管她是否像个法官，或眼睛能否看透人。他一五一十地全说了——连那年轻人和扔布丁时说的关于布丁里有肥皂的话也没有半点儿隐瞒。

"因此，"他最后说，"我们想把这份良心布丁交给你。这就像良心钱，你明白的，对吗？不过如果你真觉得它有肥皂味，那个年轻人是这样恶狠狠地说的，那么你最好别让大家吃。不过无花果之类的东西倒是没问题。"

等他说完，那位女士便说话了，因为看我们还在哭。"好了，高兴起来吧！今天是圣诞节，他年纪这么小，我是说你的弟弟。看着你们都能想到维护家庭的荣誉，我就已经从你们的心里接受了这个良心布丁。现在你们还要去哪儿？"

"我们还是回家吧。"奥斯瓦德说。可一想到家里那么黑，回去后炉火大概也熄灭了，而且爸爸又出了远门，他的心里就不是个滋味。

"你说你们的爸爸不在家，"那个带有锐利眼神的蓝眼睛女士接着说，"要不跟我一起吃茶点吧，再去看我们为老人们安排的娱乐节目。"

女士微笑着，那双犀利的蓝眼睛看上去和蔼多了。此刻，房间里充满了暖意，这邀请正是我们想要的。她真是好人，我这么想。

然而我们谁都忘了说那句客气话：我们很愿意接受这个邀请。我们只是异口同声地叫道："噢!"我想那口气她一定明白，那就是："太好了，谢谢。"

奥斯瓦德先明白过来，他一向如此。他按照大人教的样子朝那个女士深深地鞠了一躬，说："非常感谢您。我们太高兴了，这比回家好多了，谢谢。"如果奥斯瓦德有更多的时间思考，或者不是由于那有辱家门的行为让他又气又恼，他定会说出更多表达美意的辞令的。

我们洗干净手和脸，坐下来喝茶，并且吃了最好的酥饼，还有冷肉片和许多果酱、点心。那儿有许多人，大多是来给老人表演节目的。

我们吃过茶点就开始看节目，除了唱歌、变戏法外，还演了《博克斯与科克斯》（这是英国的一个搞笑剧：有两人同租一间屋，一个白天上班，一个晚上工作，轮流使用房间，从未见过面，也互不认识）。一位胖家伙看起来很滑稽，把屋里的东西扔来扔去——咸肉、猪排什么的——还有白人扮黑人唱歌。我们一个劲儿地拍手，都拍痛了。

节目结束，我们告别回家。在看戏听唱歌的那段时间，我们的奥斯瓦德终于想出好多要说的话，他知道应该如何向那位女士说感谢的话。他说："我们全体衷心感谢您的美意。今晚的节目精彩极了，我们永远也不会忘记您的善良大度和慷慨大方。"

女士听了奥斯瓦德的话大笑不止，并说道："你们的光临让我非常高兴。"接着那个胖家伙又问道："你们觉得茶点呢？我希望你们能喜欢。"

奥斯瓦德连女士的话都来不及致谢，就匆匆地说出了自己的心里话："我们非……非常喜欢！"

那里的人都大笑起来，他们拍拍我们男孩的背，亲亲姑娘们的脸，那位在化装黑人唱歌时敲着响板的先生出来送我们回家。那天晚上我们把那个冷冰冰的素心布丁也吃掉了，霍·奥在睡梦中却看见有什么东西要吃他。

难怪大人们经常警告说临睡前不要吃冷布丁，可霍·奥的某些兄弟姐妹不这样看，他们觉得这是对他的报应，谁让他假装穷孩子去募捐呢？奥斯瓦德不相信像霍·奥这样的小娃娃会遭什么报应，他做错的事能大到哪儿去。

不过也怪了，只有霍·奥做噩梦，不过只有他吃了用骗来的钱去买的东西，大家想必还记得，他把那包葡萄干拿回家的时候，纸袋上不是挖了个小洞吗？准是他偷吃了葡萄干。别人真没吃什么，就算有也只是布丁盘子上刮下来的一点儿剩食。

3

从前，巴斯塔贝家虽然很穷，可家人相处得非常和睦。但是，寻宝事件改变了这一切，那时我们都住在路易斯汉路的一栋相对独立的房子里。房子的六个继承人都在寻找宝藏，如果算上父亲，寻宝的人就有七个。我认为父亲看起来是个不错的人，只是做事的方式不对，我们大家也是这样。后来，大家发现了一个叔祖父留下来的宝藏，我们便与父亲一起住进了叔祖父在黑荒原的豪华大屋子里。那里有花园、葡萄园、凤梨园和你能想到的所有能让你愉快的东西。之后，当我们不再缺零花钱的时候，我们就会尝试着规规矩矩，有时候做得不错，但有时候却不尽如人意。这就是故事的梗概。

到了圣诞节，我们到集市上去，通过抽奖义卖把一只最漂亮的山羊卖掉，然后把赚到的钱分给穷苦的人。

我们觉得是干一些新事业的时候了，因为我们已经像我们的富人亲戚叔祖父一样有钱了，我们的父亲跟以前相比至少也算是富有，懂得为我们着想了；我们也觉得自己什么事都能胜任，不再是愚笨的人，我希望没有人再像以前那样因为被叫作巴斯塔贝而感到没面子了。

　　奥斯瓦德一直都是甘愿带头冒险的人，因此他在心里一直盘算着，老想做点儿什么。虽然还有只山羊留下，因为义卖市场有幸赢得它的人没把它领走，但它不能带给人真正有用的点子。多拉有点盛气凌人；艾丽丝沉迷于学习织毛衣；狄克和奥斯瓦德一样烦恼；诺奥尔写诗太多已经有损于诗人的健康了，哪怕年轻也受不了啊；霍·奥则只是一个累赘，一不高兴，靴子总是蹬得山响，害得我们其他人都会为了他而挨骂，因为大人们分不清是他的靴子还是我们的靴子。奥斯瓦德决定开个会（就算开会也不会有结论的，但这总能让艾丽丝暂停织活儿，让诺奥尔暂停写诗，写诗对他没什么好处，只会让他变得更傻）。他走进我们的房间，这是间公共客厅，就像大学里的那样，它和我们大家平时用的房间不一样。这个房间很舒服，有一张大桌子，还有长沙发，做游戏时这大沙发最好用了，还有一张厚地毯，还是专为霍·奥的靴子准备的。

　　艾丽丝在壁炉旁做织活儿，是织给爸爸的。不过我看她织的袜子不合爸爸的脚形，父亲的脚背高高的，很漂亮，奥斯瓦德也有一双这样的脚。诺奥尔还是专注地写诗：

　　　　我的好姐妹，

　　　　只会织啊织……

　　　　但愿织出好袜子。

诺奥尔写到这里，自言自语道：

"应该改为'我最好的姐妹'，这样听起来更好。"他说，"可这样的话就对多拉太客气了。"

"谢谢啦！"多拉说，"不过你不用费心对我假惺惺地客气。"

"住口，多拉！"狄克说，"诺奥尔没别的意思。"

"他从来就没意思，"霍·奥说，"这首诗一样没意思。"

"你不该这样说话，你说这话太过分了……"多拉说。

"你太爱你自己了，只会欺负小的。"狄克说。

艾丽丝说："八十七，八十八……噢，请安静半秒钟！八十九，九十……现在我又要把针数重新算一遍了！"

只有奥斯瓦德不作声，也不生气。我看哪，是要让你们知道郁闷的情绪正在我们中像麻疹那样地传开。

只听奥斯瓦德说："听我说，大家开个会吧。大作家吉卜林说过，你长出了疙瘩的时候，就把它挖掉，直到挖得大汗淋漓。但我们不能这样做，因为这会一涌而出……"

奥斯瓦德还没有说完，其他人就七嘴八舌地打断了他，说自己没长疙瘩，不知道他这话是什么意思。于是他无所谓地耸耸肩（别人可不高兴看他这样耸肩，这倒也不怪他），他不再说话。

这时候，多拉说："噢，感谢主，奥斯瓦德，别这样讨人厌。"我向你保证，她是这样说的，虽然奥斯瓦德并没做什么。

在这关键时刻，爸爸推门进来了。

"你们好，孩子们！"他温柔地说，"下雨天真讨厌，是吗？天又这么黑，我真不明白这雨为什么不能在开学的时候下。老是一放假就下，真不会选时间，对不对？"

我明白大家一下子都很开心，我想至少有个人是这样。这个人就是我。

爸爸点亮了煤油灯，在扶手椅上坐下，把艾丽丝抱到膝盖上。

"第一，"他说，"这里有一盒巧克力糖。"这盒巧克力糖特别大，是富勒牌中最好的。"除了巧克力糖还有个好消息！你们全都去莱丝利太太家参加晚会。她还要让你们玩各种游戏，并且人人有奖，还有魔术师和幻灯机。"

孩子心中的阴影仿佛一下子全都驱散了，我们只觉得相互间一下子又亲热起来，至少奥斯瓦德是这么认为的。后来狄克对我说，他认为多拉其实是出于好心。

"晚会在星期二，"爸爸说，"我想你们会很开心的。还有你们的堂兄阿奇博尔德来我们这儿待一两个礼拜。他的小妹妹得了百日咳。他已经在楼下了，正在同你们的叔叔聊天。"

我们打听这位年轻的陌生人怎么样，可是爸爸也不知道，因为他和阿奇博尔德堂兄的爸爸已经好多年不见。爸爸说得轻巧，可我们清楚，都因阿奇博尔德的爸爸在我们老实巴交的爸爸穷困潦倒时根本就没有和他交往过，而爸爸如今分享了黑荒原这座美丽的大砖房，还有了钱，那情况就变了。为此我们不太喜欢阿奇博尔德叔叔，可我们很正直，不会为难小阿奇博尔德。不过要是他爸爸当初的做法不那么势利的话，我们会更爱他的。再说，我觉得阿奇博尔德这个名字也太长了。我会叫他阿奇，当然，这得他自己愿意。

"我知道你们会对他好，"爸爸说，"他比你大，奥斯瓦德。他长得不难看。"

爸爸说完就下楼去了，奥斯瓦德只好跟去。只见阿奇博尔德笔直地坐在一把椅子上，正跟我们的印度叔叔聊天，像个大人一样。这位堂兄长得又黑又高，虽然才十四岁，却老是在摸他的嘴唇，像是在看胡子长出来没有。

爸爸介绍我们相互认识，我们都说了声："你好！"然后相互望着，想不起说什么好，至少我想不起。阿奇博尔德和其他孩子——握手，每个孩子都不作声，除了多拉，她也只是悄悄地叫霍·奥别把脚来回乱动。这之后，我们又上楼了。

尽管没什么话可说，却也不能永远沉默下去吧？于是很快有人说今天又下雨了，这个话题也打开了我们的话匣子。

我不想得罪任何人，特别是作为巴斯塔贝家族的孩子，尽管出身不那么高贵。可我得说，奥斯瓦德对这个小阿奇博尔德并不感冒。因为这个叫作阿奇博尔德的堂兄神气十足，好像做过什么了不起的大事——比如十一岁就当上船长，或者通过什么大奖赛的考试。可我们没发现他做过这些事。他总在吹嘘他家里的东西，他可以干的事，以及他所知道的事，可他是个不太诚实的家伙。他讥笑诺奥尔是诗人——这种事我们从来不做，因为他听这话会哭，一哭就会生病。当然，奥斯瓦德和狄克不能在自己家里打客人的头，这是出于礼貌和规矩，最后艾丽丝没让他再说下去，还说她不管这是不是告状，反正她要告诉爸爸。我认为她不会这样做，因为我们在过去贫穷的生活中却守着一条做人的原则：只要能忍耐，就不让爸爸烦心。如今，虽然家境比从前好了，但我们仍旧信守这条原则，而阿奇博尔德却不知道。我想，这堂兄大概是巴斯塔贝家族的败类，不配称为巴斯塔贝家族的人，他总是在祷告时拉姑娘们的头发，因为这时姑娘们既不敢叫，也不能对他采取什么对策。

他对女仆也凶巴巴的，把她们叫来挥去，以此来作弄她们，不像巴斯塔贝家别的孩子那样只是开开玩笑，因为这不会让人记恨在心，惊吓一下很快就会过去。他做的是其他正直孩子绝不会做的事！例如藏起姑娘们的信件，几天不还，如果碰上是男朋友来信约会，时间就错过了；在她们开门时他还把墨水喷射到她们的围裙上，有一次趁厨娘没注意，他把一个鱼钩放到她的衣兜里。当然，他对奥斯瓦德倒没做过什么。我想他也不敢。我告诉你们这些，是让你们知道奥斯瓦德不喜欢他，并不是出于私人恩怨，而是由于奥斯瓦德受过教诲，知道替别人着想。

他叫我们小鬼。他就是这种人，一看就知道他玩不出什么有趣的新花样，因此一向小心谨慎的奥斯瓦德也不用再召开会议。我们有时候也和他玩，但不是什么好玩的游戏，只玩玩那种"吃光"的纸牌游戏，可就算是玩这种游戏，他也老作弊。我不愿说我们家族任何人的坏话，但我简直不相信他是我们家族的人。我想准是在他小时候吃奶时给人调了包，就像狸猫换太子里讲的那样。

日子慢慢地过去了。莱丝利太太的聚会正在不远处神秘地召唤着。我们还有一件可以盼望的事，就是阿奇博尔德要回学校了。不过对这一点我们也不抱太大希望，因为等到他回学校时，我们也该回学校去了。

奥斯瓦德总是要求公正办事，哪怕再难也不变，因此我不能肯定是阿奇博尔德把管子弄漏水了。不过在前一天，我们趁阿奇博尔德到村里去理发，全都跑到屋顶的阁楼上玩山洞强盗游戏。他还有一件事情很古怪，就是老照镜子，边照还要边问漂亮不漂亮。他很烦领带，像个姑娘似的。因此他一走艾丽丝就说："嘘！好时机到了，我们上屋顶隔层去玩强盗游戏吧！等他回来时，肯定不知道我们在什么地方。"

"他会听到我们的声音。"诺奥尔咬着铅笔说。

"不，他听不到。我们悄悄地玩强盗游戏。来吧，诺奥尔，你可以到那上面去完成你的诗。"

"写那个人，"诺奥尔冷冷地说，"等他回到……"（奥斯瓦德不让把阿奇博尔德的校名写出来，以免那所学校里的孩子看到，因为他们可能不高兴读这书的人知道在自己的同学中有个他那样的坏孩子）。"我把它装进信封，贴上邮票寄给他……"

"快点儿！"艾丽丝叫道，"强盗诗人，还不趁早上来。"

于是我们匆匆来到楼下，穿拖鞋，套短袜，从女孩的卧室搬出高背椅，让人扶稳。奥斯瓦德灵巧地站到高背椅上，打开天花板的活动门，爬进屋顶下的那个隔层中（吉卜林小说《斯图基公司》中的男孩就是偶然发现了那儿，大喜过望，而我们打懂事起就知道了那个地方）。完了再把椅子拿回去放好，奥斯瓦德把一根用竹子和晾衣绳做的绳梯从上面扔下。听叔叔讲过这么一个故事，说有一个女传教士被禁闭在一个酋长的王宫里，有人向她射去一支箭，上面扎着的就是一根绳子。开始我还以为是要射死她，后来发现不是的。她把绳子拉进去发现是一捆绳梯，于是她逃走了。我们照故事里说的那样做了一个绳梯，用到隔层上面，没人说我们做梯子有什么不对。

大家顺着绳梯往上爬，然后关上活动门。在上面我们可开心了，那里有两个大水箱，三面角的墙顶有窗子透进光明。地板也就是天花板是横梁搭的，已铺上泥土，到处都是木板。如果不小心踩在泥土上会踩穿天花板，脚就露到下面的房间。我们悄悄地玩着，诺奥尔坐在小窗边，做着他的强盗诗人，看起来好潇洒。那里的水箱被我们当作岩石，人可以躲在后面。最快活的事就是听到阿奇博尔德的叫喊："喂，小家伙，在哪儿？"我们都不出声，静得像看见猫进洞里的老鼠，只听简对他说，我们一定是出去了。简就是前面说的那位女仆，误了情人的约会而且围裙也给阿奇博尔德射满了墨水。

接着又听到阿奇博尔德满屋寻找的声音。这时爸爸已去上班，印度叔叔也回了他的俱乐部，我们可以继续躲在那里，让阿奇博尔德孤零零一人待着吧。我们原本还可欣赏几个小时，看他像热锅上蚂蚁似的表演。可这一切全被诺奥尔的一个喷嚏葬送了——他最容易受凉，喷嚏打起来也比我知道和认识的人都响。而这时阿奇博尔德正好来到下面楼梯的平台上。于是他站在那儿说："我知道你们在那里。让我上去。"我们小心地屏住呼吸并不答话。他又说："好吧。我去拿梯子来。"

我们可不希望他这样做。尽管我们可以做绳梯，也可以到屋顶隔层上去玩，可他要是真把梯子搬来，那么简就一定知道了，有些秘密是不能让什么人都知道的。

于是奥斯瓦德打开活动门朝下看，下面就站着理了头的该死的阿奇博尔德。奥斯瓦德说："如果你保证不说出去，就让你上来。"

他向我们做了保证，可等他上来后，便马上开始找碴儿，争着要玩水箱的浮球。奥斯瓦德还提醒他不要动它。

"应该我禁止你们玩，"阿奇博尔德说，"因为你们还是些小孩子。不过我就不一样了，我对管道设备了如指掌。"

奥斯瓦德心想，反正没办法阻止他弄管子和玩浮球，我们还不如下去算了，强盗游戏改天再玩。

第二天是星期日，就在这一天水管发生漏水，尽管水漏得很慢，但漏个不停，星期一早晨请来水管工。这漏水会不会跟阿奇博尔德有关，奥斯瓦德也不得而知，可他却知道接下来发生的事。

原来是这位令人扫兴的堂兄发现了诺奥尔写的那首有关他的诗，而且他是偷偷摸摸读的。他没找诺奥尔去评理，反而去巴结他，送他六便士一支的钢笔，诺奥尔很喜欢，可我看他写诗还是用铅笔，因为他总喜欢把笔含在嘴里，墨水应该是有毒的吧。下午他和诺奥尔很要好，出双入对的。后来诺奥尔好像遇到了很得意的事，可他就不告诉我们，而阿奇博尔德则在一旁咧嘴笑，奥斯瓦德真想在他的脑瓜上敲几下。

接着，快乐的黑荒原大宅里的安静气氛消失了，只听到一阵阵尖叫声。女仆拿着拖把和水桶跑来跑去，大水从印度叔叔房间的天花板上倾泻而下。诺奥尔脸色发白，望着那位不讨人喜欢的堂兄说道："走开。"

艾丽丝马上用手臂护住诺奥尔，说："请你快走开吧，阿奇博尔德。"而他就是不走。

诺奥尔说真希望自己没有出生，爸爸回来了会说什么呢？

"怎么回事，诺奥尔？"艾丽丝问他，"告诉我们吧，我们都帮你，快告诉我们他到底干什么啦？"

"我说了你们能不让他报复我？"

"那就说出来吧。"阿奇博尔德说。

"他带我上了隔层，说那儿有个秘密，还要我保证不说出去，我保证了不说出去，只是我也参与了，你们看水都漏了。"

"你也做了？你这头小蠢驴。我只是跟你开个玩笑！"那位讨厌的堂兄哈哈笑着说。

"我不明白，"奥斯瓦德说，"你对诺奥尔说了什么？"

"他不能告诉你，因为他保证过，我也不说，除非你们用你们每天挂在嘴上的家族荣誉作保证，你们永远不会说我跟这事有关。"

现在大家知道他是怎样的一个人了，我们根本没有每天都把家族荣誉挂在嘴上，只在开始时讲了一次，当时我们并不知道他对事情的领悟力这么差，同时也不知道该不该亲热地叫他阿奇。我们只好保证，因为诺奥尔脸色越来越青，哭得越来越伤心，爸爸或者印度叔叔随时都会进来，追问到底发生了什么事，而我们全都说不清楚，只有诺奥尔，而他始终不肯开口说话。

　　于是狄克说："我们保证做到，你这头野兽！"我们也都做了保证。接着阿奇博尔德慢腾腾地说，并摸着他还没长出来的小胡子，我恨不得他很老以后才长出胡子来，他说："我仅仅是想逗愚蠢的小鬼们开心开心。于是我对这愚蠢的小鬼说人如果割破了动脉，就得割断整条动脉才能止血。没想到他却问我水管工人对漏水的水管是不是也这么干的？你们的管家要是发现水管不漏了那该多高兴啊。于是他动手去割水管了。"

　　"是你叫我干的。"诺奥尔说，脸色变得越来越青。

　　"艾丽丝把诺奥尔带走吧，"奥斯瓦德说，"我们都支持你，不过诺奥尔老弟，你必须做到言而有信，不要再接近这疯狗。"

　　艾丽丝带着他走了，我们留下来对付那可恶的阿奇博尔德。

　　"好的，"奥斯瓦德说，"我不会食言，其他人也是一样。不过，只要我们活一天，我们就要做到一天不跟你说话。"

　　"噢，奥斯瓦德，"多拉说，"天黑了怎么办？"

　　"让它黑去吧，"狄克生气地说，"奥斯瓦德没说我们会一直这样生气下去，不过我是坚定地支持奥斯瓦德，我会做到不和无赖说话……不，即使在那些大人们面前。他们怎么想是他们自己的事情。"打这以后，没有人再同阿奇博尔德说话了。

奥斯瓦德马上跑出去请水管工，没过多久就把他带回家来。接着他和狄克等爸爸回家，他一回来，他们就把他拉进书房，奥斯瓦德替大家说出他们一致的意见，就是：

"爸爸，我们全都很抱歉，我们当中有一个人切断了天花板上隔层的水管，如果你要我们再说得多一些，那就损害家庭的荣誉了，我们很抱歉。请你，请你，不要问这是谁干的。"

爸爸咬咬嘴唇，一副很担心的表情，狄克接着说：

"奥斯瓦德已经叫来水管工，他这个时候正在修理水管。"于是爸爸说："你们是怎么上隔层的？"

这会儿宝贝绳梯的秘密是保不住了。没人对我们说不能做绳梯和上隔层的，不过我们不想说这话，否则爸爸会很生气。我们只好认命，就算对我们的处罚再厉害些，比如不能参加莱丝利太太的聚会。阿奇博尔德倒要去，因为爸爸问他是不是跟这事沾边时，他说没有。对于这个坏得出奇的堂兄，我真想不出有什么好话可以形容他。

我们信守诺言没有供出他。这阿奇一定觉得我很妒忌他，因为那个有戏法变、有幻灯看的聚会只有他能够去。诺奥尔最不高兴了，因为他知道我们全体受罚都是因为他的所作所为。他很爱我们，要为我们大伙儿写诗，可他实在提不起写诗的兴趣，一个字也写不出来。他走进了厨房，坐在简的膝盖上，说头很疼。

第二天，就是举行聚会的那天，我们全都垂头丧气。阿奇博尔德却拿出他的校服和干净的衬衫，还有一双闪亮的丝袜进了浴室。

诺奥尔悄悄地和简在楼梯上说话。简上来后诺奥尔就下去了。简敲敲浴室的门说："给你肥皂，阿奇博尔德少爷。今天里面没肥皂了。"他把门开点儿缝，伸出了一只手。

"等等，"简说，"我手里还有些其他的东西。"

说话时，家里的煤气灯开始变蓝，接着全灭了。我们连气都透不过来。

"好了，给你，"她说，"我放在你手上了。我下去关掉煤气灶，再看看煤气灯的情况。你快迟到了，少爷。我要是你，就在黑暗里将就着洗洗。我想煤气灯要过五分钟到十分钟才会亮起来，现在已经五点了。"

还不到五点，她不该这样说，不过还是管用的。

诺奥尔在黑暗中噔噔噔地上了楼。他摸索着，然后悄悄过来对我们说："我转动那把白色的陶瓷小把手，把浴室的门从外面给锁上了。"

里面水管的水汩汩地响着，屋里还是一片漆黑。爸爸和印度叔叔也没有回来，太好了。

"大家别出声！"诺奥尔说，"你们等着看。"我们全在楼梯上等着。诺奥尔说：

"先别问……你们很快就会知道了……你们就等着看吧。"

我们等着，煤气灯还没亮。

阿奇博尔德就要出来了——我想他以为自己已经洗干净了——可是门反锁了。他对门又踢又砸，哇哇大叫，我们看着听着，别提多开心了。

最后诺奥尔拍了下门，对着锁孔往里喊："如果我们放你出来，你答应解除我们关于水管的那个保证吗？当然啦，我们会等你回校后才说的。"

等了半天，可后来他只好答应了。

"我再也不到你们这儿来了。"他在锁孔那边大叫道，"所以我才不在乎呢。"

"那关掉煤气炉吧。"奥斯瓦德说，他还是一副考虑周全的样子，虽然一点儿也不知道事实的真相。

这时诺奥尔在楼梯上放声大叫："点灯！"简拿着火引子把楼梯口的煤气灯点亮，随后诺奥尔把浴室锁打开了，只见阿奇博尔德穿着他喜欢的红黄浴袍走出来。我们想他定会气得脸通红，或者脸发白，或者脸紫青，可我们看到他时面色既不红，也不白，还不紫，而是黑的，我们简直呆住了。他看上去像个黑人。他的手和脸全是黑乎乎蓝花花的，黑一道蓝一道，印度式浴袍和土耳其式拖鞋之间的那双脚也如此。

大家齐声叫道："天啊！"

"你们看什么？"他问道。但是没有人回答他，不是因为不想跟他说，而是因为说不出话来。不过，简开口了。"哈，哈！"她嘲笑道，"你以为我给你的是肥皂吗，其实是些不褪色的藏青染料，洗不掉的。"她把一面镜子递给他，他一眼就看到自己那张蓝青色的脸。

你们以为我们看到他染成这样会又笑又叫，可我们没有。大家都惊呆了。我看得出奥斯瓦德心里并不好受。

阿奇博尔德对着镜子再次细看，终于看清楚了自己的尊容，他扔掉镜子，跑回房间，把自己锁在里面。

"他不会去参加聚会了。"简说，随即一溜烟地下楼走了。

不知道诺奥尔都对她说了什么。他还小，又不如我们强壮，我们觉得还是不问的好。

奥斯瓦德、狄克、霍·奥——特别是霍·奥——都说那家伙活该得到这样的报应，然而过了一会儿，多拉问诺奥尔介不介意让她去问一下我们那讨厌的堂兄，看他想说什么，诺奥尔说了一声："随你便!"

从堂兄那儿是问不出什么话的，等爸爸回家后，我们挨了顿痛骂。爸爸说我们给家里丢脸，不懂什么是礼貌待人之道。我可以说，大家都很坦然。我们都忍受了下来。我没有必要把自己说成是家族荣誉和誓言的维护者，我想要表达的是，我们真的是坦然对待，我们没有告这位堂兄的状，没有诉说所受的折磨，都是他逼得小诗人诺奥尔如此愤怒地对付他。

可还是有人说了——我们想这该是简，没问诺奥尔跟她说了些什么——因为那天爸爸深夜回来后，说他现在清楚了，我们本来很乖的，除了用凿子折断水管外。这么做真傻，简直不是淘气所能解释的。那位堂兄给染得黑蓝，那倒或许该他倒霉。他私底下也跟阿奇博尔德说过了，等颜色渐渐褪去——尽管染料包装纸上说永不褪色——阿奇博尔德脸上还有些淡淡的蓝道，看来染料的确能把东西搞得更好看。等蓝色变成淡灰色的时候，他就回学校去了，随即还给我们来了一封信，信上说：

我亲爱的堂弟堂妹：

　　看来我是做得有些过头了，都因为我还没习惯和小孩子们共同生活。我想伯伯说得对，你们维护家庭荣誉的举动无可厚非，不像我说的那样毫无道理。如果今后再相见，希望你们不要记恨我。我只能写这些了。

你们真诚的堂兄
阿奇博尔德·巴斯塔贝

　　由此看来，忏悔之意已经在他冰冷的心中萌发。他也许可以算是个改变了的巴斯塔贝家的人了。我真心希望如此，不过我也相信要一个人完全洗心革面，就算有可能，那也是非常难的。

　　我忘不掉他走出浴室时那张狼狈的黑蓝脸。现在肯定已是痕迹全无了。留在心里的色斑随着时间的流逝也会慢慢褪去，不过留在浴缸里的染料痕迹却怎么也去不掉了。这呀，才是最让我们的叔祖父头痛的事。

4

　　奥斯瓦德的确是一个非常乖巧的孩子，他的脑子好使，这一点即使他自己也不得不承认。本书作者都不止一次听过这样的话，他的爸爸和艾伯特叔叔都多次说过类似的话。最有意思的念头常常会自然而然地从他脑子里冒出来，就像那些没有任何用途的傻念头也会跑到你的大脑里一样。有一回，他突然生出个念头，正要跟兄弟姐妹聚在一起说的时候，我们的爸爸回来了，说有一个我们不认识的堂兄要来。他还真就来了，对于我们来说他不仅陌生，而且很古怪！等到命运捉弄他，把他熏陶成发亮的藏青色后，他便离我们而去了。他走后，奥斯瓦德又重新拾起了他的那个暂时被打断的念头。"锁定目标、决不动摇"，这句话说的就是对某件事情念念不忘。这总让我想到本书中那些小主人公的性格，他的弟弟狄克、诺奥尔和霍·奥自然也是本书的小主人公，不过本书作者对奥斯瓦德内心的洞察比对其他人的却要深入得多。

　　那天，奥斯瓦德走进公共休息室，大家都在忙活着。诺奥尔和霍·奥在玩跳棋，多拉用银纸贴盒子，盒里放糖果准备拿到学校去请客，狄克在用报纸做一个新螺旋桨模型，是他为远洋轮船而设计的。奥斯瓦德可不管这些，他认为他们应该停一下，多拉工作太辛苦，玩跳棋最后总会吵架，至于狄克那螺旋桨……对此还是少说为好。奥斯瓦德扫了大家一眼，说道："我们开个会。艾丽丝到哪儿去了？"

大家都说不知道，而且又说自己的事情要是没做好就不能开会。可奥斯瓦德却非常果断，他叫霍·奥马上停止那无聊的游戏，赶紧去找艾丽丝。霍·奥是最小的弟弟，他本该是听话的，应该照他的吩咐去做，可这时偏偏到了他要赢的关键时刻。奥斯瓦德生气了，他要鼓起斗志跟这个敢叫板的弟弟来点厉害的，他不能让弟弟为了这种幼稚的游戏而不惧他的权威，他得树立威信。也正是在这个时候，那个不见了的小姑娘自己跑进了房间，一脸紧张。"你们谁见过平切儿吗？"她非常不安地喊道。

"没见过，从昨晚开始就没见到过。"

"那它不见了。"艾丽丝很难过。

我们全都跳了起来，一下子停止了手上的活动，不仅是诺奥尔和霍·奥觉得自己玩的跳棋游戏无聊没劲，就连多拉和狄克也放下了手中的制作。平切儿是我们养的一只狐狸狗，大家都非常喜欢它，是因为它不仅品种高贵，更是因为当我们穷得要去寻宝发财时，它也不嫌弃我们，还和我们一起住刘易沙姆路，一起过苦日子。

在奥斯瓦德看来，维护巴斯塔贝家族的荣誉是他忠实且首要的本职，他要护卫着黑荒原这富裕的大宅以及它里面的一切东西，包括大厅玻璃柜里他最喜欢的那只狐狸叼鸭子标本。因此比起老平切儿来，他那么想要召开的会议也就不再显得重要了。"我们一起出去找它，"艾丽丝开始哀号，"噢，平切儿，万一它有个三长两短。快把我的帽子和大衣拿来，多拉。噢，噢，噢！"

我们全都穿上大衣戴上帽子，此时艾丽丝已经从哀号变为抽泣，再这么下去奥斯瓦德可要出于好意而不让她出去找平切儿了。

"我们先去荒原找吧，"诺奥尔提议说，"平切儿一向喜欢在那里刨土。"

一路上，我们见人就问：

"请问见过一只纯种的狐狸狗吗？一只眼睛上有条黑边，尾巴上也有条黑边，右肩上还有条棕色边线的那种狐狸狗？"

答复都是异口同声地统一："没有，没见过。"只是有的人说话时语气比较客气些。不久我们碰到一个警察，他说："我昨夜值勤时见过一只狗，跟你们说得很像，不过一个男孩用绳子拴着它在赶路。这只狗看上去也没有不愿意走的样子。"

他还告诉我们那孩子和狗是朝格林尼治方向去了。有了方向，就有了希望，我们的心中不再那么焦急。我们又问警察，如果他再遇到平切儿时，见它不想走能否把它留下，他说这不关他的事，他不会管的。现在，再询问路人时，我们就问有没有见过一个孩子牵着一只纯种狐狸狗，一只眼睛上面有条……

有一两个人说见过，看来很像是警察说的那个孩子和狗，因为他们也说那狗好像无所谓去哪里。

　　我们继续赶路，穿过了公园，经过了海军学院，甚至没有停下来看看操场上那艘跟原形一样大的军舰，海军学生正在舰上学爬绳索。奥斯瓦德想，要是能有这艘军舰，他情愿少活一年。

　　我们也没有进展示大厅，我们的心都在平切儿身上，我们没有心思看纳尔逊的遗物，没有心思看沉船，溺水的人看上去都那么面无表情，甚至不想看那些画——年轻的西班牙海盗强行登船的画（要是有机会，这正是奥斯瓦德想干的事）。说来也奇怪，大厅里所有画面上的天气都极其恶劣——不仅是沉船的画如此。但是在书本上，我们读到海盗们强行登船的场面，天空却通常是蔚蓝的，大海也像融化的蓝色宝石。

　　我们穿过了格林尼治医院，一路上见人就问有没有见过平切儿。我曾经听爸爸说过，偷来的狗有时候会被送进医院，从此便消失了。偷别人的狗总是不对的，也许医院的医生们忘了这一点，也许他们太可怜那些病人了，给他们狗是想让他们在痛苦的病床上好受些。可是没人见过我们的平切儿，随着时间分分秒秒地过去，它对我们变得更加珍贵了。

　　穿过医院，我们来到河边的一条街上，就在特拉法尔加旅馆附近。那里有个水手正靠在栏杆上，我们向他问起的还是那个老问题。他好像睡着了，可我们没看出来，要不然我们就不会打搅他了，这会让他非常恼火。他果然张口就骂，奥斯瓦德叫姑娘们快快走开，可艾丽丝偏不干，她挣脱奥斯瓦德的手对水手说：

"噢，先别这么发火。快告诉我们，你见到过我们的那只狗吗？它是……"她又说了一遍平切儿的特征。

"哦，有的，"那水手说——他脸气得通红，"一个钟头以前见过它，它跟着一个东方人走了。他们坐敞篷船过了河。我建议你们赶紧去追。"他咧咧嘴，吐了口唾沫。我觉得他真让人讨厌。

于是我们继续赶路，走着走着，霍·奥觉得累了，他还说脚疼。诺奥尔也变得像只小鸫鸟——连眼睛和嘴巴都像，他累了就是这副德行。其他人也有点儿走不动了。只是他们自以为是的性格让他们从不服输。我们只得到特拉法尔加旅馆的船屋里，那里有一个穿着拖鞋的人。我们问他能否租条小船，他说可以给我们一个划船的人，并把我们请进屋去。

走过一间黑房子，只见里面的小船堆到天花板那么高，我们来到外面像阳台又像码头的地方。那里也有很多小船。很难想象有谁会要那么多船。接着出来一个男孩。听说我们要过河，他问道："去哪里？"

"到东方人住的地方。"艾丽丝说。

"那你们可以去米尔沃尔。"他说完之后将船桨也放入水中。

"那儿有东方人吗？"艾丽丝问他。

那男孩子回答道："不太清楚。"他又补充了一句，大概是说我们该付船钱的话吧。

幸亏我们带着钱。那都是爸爸给的，我想多半是因为我们跟堂兄在一起的时候，我们都是那样的乖巧听话，爸爸才想要给我们些补偿。奥斯瓦德和狄克各拿出一大把钱，虽说大多是铜币，但瞧他俩那神气的样子。

那男孩开始对我们转变了态度，他搀扶姑娘们上船，船在岸边像只漂浮不定的木筏，船上有窗口可以看到河水。河水汹涌不已，像大海的波涛，这哪还像条河。男孩划着船，不让我们帮他，虽然我也很会划。小船就像海船一样颠簸晃荡。才走了一半的路，诺奥尔便拉拉艾丽丝的袖子说："我的脸色是不是发青？"

"你看上去的确很青，亲爱的。"艾丽丝温柔地说。

"比我看上去还要青。"诺奥尔也觉得很不舒服。

男孩哈哈大笑，可我们装作没有看见。每当有轮船开过，我们的小船就会在摇晃的浪中颠来荡去。那时所看到的情形，给你们说上一半就够你们受得了。奥斯瓦德的感觉还算好，可有些人却不吭声了。狄克说，奥斯瓦德看到的东西他都看见了，可我不敢肯定。那儿有码头，有机器，有生锈的起重机吊着一捆捆铁条在空中摇晃着，我们还从一艘又大又破的船旁边经过，船上的木料早已不见了，船壳钢板都已被敲掉，红色的铁锈扩散开来，染红了周围的河面，就像是它在死前流出的鲜血。想想它再也不能出海了，我们真为它感到难过，虽然这想法也许很傻。但是大海碧波万里多么干净，至少不像现在这样，汹涌的浪涛猛摇着我们这条坚固的小船。我以前从不知道有那么多各式各样的船，我真想一直航行下去，去看有更多样式和色彩的船，并梦想着当个海盗什么的。渐渐地我们已经走出老远，就在这时候艾丽丝突然说：

"奥斯瓦德，再不赶快靠岸，我看诺奥尔就没命了。"他的确已经难受了好一阵子，当时我只是想最好不要打扰他。

我们的小船从众多海盗船之间穿过后，终于来到一个有台阶的停泊处。

诺奥尔这时候已是受不了啦，我们觉得不能再带他去找东方人，而霍·奥也已经偷偷脱下靴子扔在了船上，说脚痛得没法穿，于是大家开始商量，让他们两个坐在干燥的台阶上等着。多拉说她可以留下来陪他们。

"我们真该回家了，"她说，"我敢说爸爸知道我们来这种荒僻的地方一定会不高兴的。还是让警察去找平切儿吧。"

别人却不想就此罢休。多亏了多拉的聪明，来时带着一袋饼干。除了诺奥尔，大家这会儿都在吃。

"他们倒是应该去找，可他们没有去，"狄克说，"我太热了。如果你觉得冷，我把大衣留给你。"

奥斯瓦德也正想做出这样男子汉一样的表现。虽然他并不觉得热。于是他们都留下了大衣，带着艾丽丝，这位怎么劝她都不肯留下的姑娘，登上台阶，沿着一条崎岖小路勇敢地去找东方人了。彼岸是个陌生的地方，街道都很窄，房屋、人行道、人们的衣着和路上的尘土都是黯淡的———一种棕灰色。

房门也全都开着，可以看到屋里屋外全是同一种颜色。女人们戴着蓝色、紫色或红色的围巾，坐在门口台阶上给孩子们梳头发，并隔着街道相互聊天。看到三个路人走过，她们显出很惊奇的样子，说出的话也变了腔调。

　　这一天奥斯瓦德还发现了一个很有意义的情况：穷人不管如何敌意地看着你，只要你有事向他们请教，他们马上会变得客气起来。因此找他们问时问路，请他们帮你做上点儿什么事，他们就会对你有好感了。

　　我们一路上都很顺利。但是看到这些人那样穷，而我们住得那样好，心里很不是个滋味。书里的主人公感到这一点，我知道有这种感觉是对的，但是我不喜欢这样的感觉。人们对你好，这样反而让人更加难受。

　　我们一路走一路问，可没有人见过一个东方人带着一只狗，我开始想，这回真的是没希望了，我们不能整天就用饼干来充饥。这时我们正快步拐过一个路口，我一下子撞到个女人身上，她的个子高大无比，那腰围不知有多少码。没等她发火——看得出她正要发作——突然艾丽丝说："噢，对不起对不起！很抱歉，我们不是故意的！把你撞痛了吧！"

　　只见她渐渐消了火，还喘口气对艾丽丝说："没事，小妹妹。你们这么匆匆忙忙的，要去哪里啊？"于是我们把事情跟她讲了。她心地善良，说我们不该自己出来乱跑。我们告诉她这不算什么，不过我得承认，奥斯瓦德就高兴这样到处乱跑。艾丽丝没来得及换上更漂亮的衣服，只穿着便服戴着灰帽子，她可一直为这事不开心呢。

"好吧，"那女人说，"你们沿着这条路走到头，然后先朝右转，再朝左转，再朝右转，顺着树墩之间那条小路，就会看到玫瑰园。那里经常有东方人居住。回来时如果还走这条路，你们可要睁大了眼睛找找我，我会告诉你们那些对狗感兴趣的年轻人是谁，他们也许会给你们讲些情况。"

"太感谢了！"艾丽丝说。那女人要求赐给她一个吻。看来人人都想要艾丽丝的吻。我真不明白这是何故。我们请她把路再描述一遍，并留意到这条街叫夜莺街，我们把其他孩子暂留的石阶是贝拉米河堤。我们还真有探险家的本能：当不能用斧子在树上做记号时，或者不能像吉卜赛人那样在地上交叉放小树枝来记路时，那么最好的记路法就是记住街名。

跟她告别后，我们顺着那条灰棕色的街道继续前进。街上没有什么店铺，即使有也是很不起眼的。最后果真找到了那条小路，是棕灰色高墙间的一条很窄的路。高墙内传出的气味可以判断里面是煤气厂和制革厂。小路上没有什么人，可我们一进去就听到前面有奔跑声。奥斯瓦德说："听，说不定是什么人带着平切儿，他们发现了我们这些原来的狗的主人，想要逃走。"

于是我们拼命追赶。小路上有段弯路，拐了弯就看到逃跑者停了下来，有四五个男孩正围着一个穿蓝衣的人。在这死气沉沉的东部地区看够了土灰色，忽然看到一抹蓝色，让人眼前一亮。等到走近细看，我们发现穿蓝衣服的原来是个满脸皱纹的老人，黄皮肤的脸，一顶软毡帽，一件蓝色的短上衣。不用说，他就是我们要找的人——一个地道的东方人，他正被这群男孩弄得脱不开身。正如艾丽丝后来所说的那样，这帮男孩简直就是些化做人形的恶魔。他们嘲笑这位东方老人，朝他吆喝着，听到他们所说的话，我真后悔带着艾丽丝出来。所幸的是她后来对奥斯瓦德说，她当时太过于气愤而没有听清他们说了什么。老人想用双手推开他们，可那双长满皱纹的老手抖个不停。奥斯瓦德很感激有个好父亲教会他和狄克如何出手，要不然，他真不知道会出什么事。因为有五个小流氓，他们只有两个人，不过没有人想到艾丽丝会出手相助。奥斯瓦德还没来得及把双手做成格斗用的攻击姿势，她已经用全力打了最大的那个男孩一个耳光——她出手会很重，奥斯瓦德心里有数——接着她又抓住那个第二大的男孩，把他摇来摇去，让狄克能用左手去打那个攻击东方老人的男孩的左眼。另外三个男孩去对付奥斯瓦德，可对于一个长大以后要当海盗的人来说，以一敌三根本不在话下。转眼间五个人又朝我们扑来。狄克和奥斯瓦德打得很带劲儿，不过奥斯瓦德不赞成妹妹卷入这样的街头群殴，虽然他心里清楚，在抓耳朵、扭手臂、扇耳光、掐人等方面她是一把好手，且百发百中。可教会她的挥拳招数，她早丢到脑后了。

这边正打得难解难分，那边艾丽丝又及时地推、扭，把战局全扭转过来了。东方老汉靠在墙上，喘着粗气，用他黄色的手捂住心口。奥斯瓦德已经把一个男孩打倒了，跪在他身上，艾丽丝正要拖开另外两个倒地的男孩，而狄克在请第五个男孩吃拳头。就在这时，只见蓝光一闪，另外一个东方人冲了过来。幸亏这个人不老，还会点儿功夫，结束了巴斯塔贝家孩子们的这次勇敢战役，转眼间，欺负老人的五名小流氓都跑了。奥斯瓦德和狄克喘着大气，想回过神来，再看看身上伤了哪儿没有，伤得厉害不厉害，艾丽丝却在号啕大哭，好像还没有要停下来的意思。姑娘们就这一点儿不好，什么都沉不住气。她们会一下子暂时忘记自己的身份，做出勇敢的举动，可几乎马上就又变成个哭娃娃。但这不能怪她，她第一个出手，又被那些男孩抓伤了手腕，踢中了小腿，都怪这场恶斗惹她伤心了。

从远处岸边跑来的这位可敬的陌生人对老人说了许多话，我想是东方话，听上去净是"哼"啊"里"啊"七"啊的声音，然后他转过脸对我们说："好姑娘，你很可爱，我要向你叩头致谢。这是我的老父亲。那些可恶的白人小鬼想伤害他，你们勇敢搭救，我非常非常感谢你们。"

艾丽丝不停地哭着，无暇他顾，更不用说回答问题，而且她更为自己失去的手帕而伤心。一直到我把我的手帕交给她，她才能说出话来。她可不要别人向她叩头，此刻她只想回家。

"这儿可不是白人姑娘来的地方，"那位年轻的东方人说，"我先带他回家，这样会安全些，"那年轻的东方人指着他父亲说，"然后我再送你们回去。那帮小流氓还会等着你们。你们先跟我回家好吗？小姑娘不要再哭了。约翰会给你找些好玩的东西，去家里跟夫人谈谈吧。"

他说的是带东方腔的话，我想他表达的就是这个意思。我们也知道他是想让我们去看他妈妈，还要送点儿好东西给艾丽丝，然后再送我们离开这可怕的地方。

我们答应跟他们回去，因为那五个男孩可能正在我们回去的路上等着我们，还有可能会找来更强的帮凶。艾丽丝可真有本事，想停止哭泣的时候就能马上停止——我得说，在这方面她可比多拉强。我们跟着两位东方人走了，他们像印第安人那样一前一后地走着，我们也学他们成单行向前，只是说话时才回过头来。他们带我们穿过许多条街，然后用钥匙打开了一扇门，让我们进去，又把门重新关上。狄克想到故事里的绑架，奥斯瓦德却不会有这种荒诞的念头。

房间不大但却很别致。有点儿脏乱，不过这样说多少有些不礼貌。房间尽头有台平面桌可放餐具，桌上铺着绣花台布，台布上有个青白色的瓷像，一英尺多高，造型偏胖，我猜是座神像。我们进去后，年轻人便点上几炷棕色的细香，插在它面前。屋里有一张又长又宽的低矮沙发，没有扶手和椅腿，在它前面有张桌子，像个木箱。桌前还有个箱子，是干活时坐的，桌子上有各种小工具，看上去像锥子和角钉，还有烟管和破旧烟斗，原来我们搭救的东方老人是个修烟斗的。满屋都是气味——有胶水、火药、百合花烧油脂等各种味道，让人的呼吸有些不顺畅。

接着，一位东方老太太进来了。她穿着亮闪闪的青灰色裤子和蓝色的袍子，头发扎得紧绷绷的在脑后梳成了一个髻。她来到艾丽丝面前要深鞠一躬，我们阻止她这样做。她对我们说了许多话，都是东方话，我们听不懂，但我们确信她说的全是善意的好话。

我真希望能多待一会儿，想法弄清楚他们说了些什么，这可是一次难得的奇遇，以后就难遇到了。只是他们的热情与客气让我们都慌了神，只会说"这事不值一提"什么的，不久狄克便说："我想我们该走了。"奥斯瓦德也这么说。

那家人不停地讲着东方话，东方老太太还塞给艾丽丝一只鹦鹉。这是一只红嘴绿鹦鹉，长长的尾巴，跟我曾经读到过的宠物鸟一样。它在艾丽丝的手臂上慢慢走着，绕过她的脖子，用嘴抚弄她的脸。它不咬奥斯瓦德和艾丽丝，也不咬狄克，不过谁也说不准它会不会咬。

我们把能想到的客气话都说了个遍，那老太太急急忙忙地说了不知多少东方话，还反反复复一个劲儿地说："小朋友，约翰。"她好像只会这一句英语。

我们一辈子都没这样激动过。我想是事件本身让人无法平静，就像做了个奇妙的梦，而现在竟要匆匆离开这不易再见的场面。我们就这样走了。那位年轻的东方人把我们安全送到贝拉米河堤的石阶上面，说完一大堆的东方话后就离去了，留下我们和那只鹦鹉。我们倒是想把他介绍给留在石阶上的那三个人，可是他执意要走。我们和那些担惊受怕的留守亲人们重聚了。重聚的场面很痛苦，首先我们那么久没回来，他们都急坏了，可等我们让他们看看鹦鹉，告诉他们那场斗殴，他们都没了意见，对我们的耽搁表示理解。不过多拉却说："好了，我一直在祷告。如果让爸爸知道艾丽丝在米尔沃尔和街上的混混打架，我想他可一定不会高兴的。""我想如果换了你，早就跑掉了，让那老人被活活打死。"狄克接着说。

直到快到格林尼治的附近，大家才变得心平气和了。我们坐电车到格林尼治车站，然后坐出租马车往家赶（花掉了我们所有的钱，只剩下四便士半），我们都筋疲力尽了。

这时我才回过神来：花了那么大力气，遇到那么多事，我们却没有找回平切儿。

我们的管家布莱克小姐从未生过如此大的气。她急得已经报了警，要警察去找我们。他们当然找不到了。她的担心没错，所做的一切也都可以理解，因此我们原谅她，甚至原谅她骂奥斯瓦德给我们家丢脸的话。因为打架，满身污泥，我们承认自己的确脏得要命。

被数落一番后，我们坐下吃茶点。大家都快饿死了，这顿美味可是我们梦寐以求的，我们吃了个够。什么都影响不了我们的好胃口，尽管我们一个劲儿地在说"可怜的老平切儿……真希望我们能找到你！"等话。

鹦鹉在茶具之间走来走去，温驯得很。艾丽丝又说起明天再去找我们那只忠实的狗，这时传来了什么东西抓门的声音，我们立即冲过去，开门一看，正是平切儿。它平安无事，看到它，我们别提多高兴了。

霍·奥的脸却一下子变了色，白得像甜菜，他"噢"了一声！

我们立刻问："怎么回事？快说呀！"

他倒是不想公开这个秘密，可我们还是逼他供出了事实。原来他昨天玩动物园游戏时，把平切儿关在了一个空兔笼子里，又因堂兄离开了我们，他一高兴竟把这件事给忘了。太好了，我们不用再渡河了。话说回来，虽说奥斯瓦德同情动物，尤其同情被关在花园兔笼里那些无法动弹的动物，可他并不后悔经历了这次东方探险，还得到了这样一只鹦鹉。因为艾丽丝说过，奥斯瓦德、狄克和她将共同拥有这只鹦鹉。她真是个直肠子。我常常好奇，她怎么会是个女孩子。她可比我们学校里一多半的男生都更有绅士风度。

5

　　还在那一年圣诞节之前，事情也就发生在我们中间。既然有那么多作家总是整章整章地回首往事，我想为何我就不能这样写呢，毕竟往事历历在目。

　　那是一个星期日——我想那是圣诞节之前的一个星期日，丹尼和黛西以及他们的爸爸，还有艾伯特叔叔一起来吃午饭。那天大人和我们吃同样的东西，无非就是一些所谓的烤牛肉、烤猪排，不过布丁和水果就完全不同，没有两个星期日是吃一样的。

　　吃饭的时候有人谈起了银酒杯的纹章，当时我们的日子过得很艰难，这些饮酒杯经常是用几个月之后就拿到店里去修凹痕，但是没钱去拿回来。不过现在它们一直放在家里，每天放在餐桌的四个角上，大人们高兴的时候会用它们来喝啤酒。并且谈一些你不喜欢听的话题——关于纹章上的对角斜纹、小狮子和平行垂直线等，艾伯特叔叔说特恩布尔先生曾经告诉他，在剑桥郡附近的一座桥上刻有纹章，于是他们的谈话就又回到梅德斯通古董收藏家协会上去了。特恩布尔先生是这家协会的秘书。那个协会的会员那天来参观艾伯特叔叔住的房子，我们在那里埋下的一些"古罗马遗物"让他们挖了出来。因此，当听到单柱桥架、窗子、竖框、装饰线条、支柱这些有关建筑的词语时，奥斯瓦德就问我们要不要走。于是我们就走了，还带了我们的饭后点心，我们就可以到自己的公共休息室去吃，在那里我们还可以随心所欲地烤栗子，不用在乎我们的手指是否弄脏了。刚认识黛西的时候，我们总是叫她"白老鼠"，她的兄弟也都是这样对待她的。不过众所周知，人不能玩得过多，如果我们教会了她更多快乐的事情，她最后根本就不会当作一回事。黛西人还不错的，只是我们总是不能让她改变那种想要像个小姐的样子，一副"小姐腔"。我觉得这个字眼说起来不大好，但艾伯特叔叔也是这样说的。他说一个姑娘要是做不成小姐，那就完全没有必要只是装作像个小姐，干脆还是别管什么小姐不小姐的，做一个自由自在的快活的粗人也是很好的。

　　不过在这里我不是想述说这些话的，除了要讲述一些故事之外，我还想起了许多其他的事情，于是在不知不觉中就写了下来。我想，这种情况在别的作家身上也发生过，例如萨克雷和宗教书册协会那些作家，甚至亨夫莱·沃德夫人。不过我觉得你们应该没有听说过她的名字，她写了一些书，很是让人喜欢，但也许这些人是她的朋友。我不大喜欢讲准男爵的那一本，讲述的是在海边的一个星期日，天空飘着雨，屋子里只有布雷德肖和"埃尔西，或者像……"或者我不应该在这里讲述这些。不过，圣诞节前我们所发生的真实的事情，也就是接下来我要描述的。

丹尼在烤栗子时不小心让火给烫了一下，而且那栗子还是坏的。生活就是这样，往往会发生一些出人意料的事情。丹尼吸了吸指头，扔掉栗子后说："让我来给大家说说古董收藏家的故事，你们不会反对吧？"

"当然赞成，那些古董收藏家怎么啦？"奥斯瓦德说。他一直在内心中对丹尼客客气气。

"我可不知道，"狄克说，"要知道那些事情，不仅要读非常乏味的书，而且还得读很多很多，甚至要把读到的东西都记住，也许还不只要这样。"

"我觉得不是这样的，"艾丽丝说，"那个带古董来的姑娘——也就是艾伯特叔叔说到的给家具裹上红色长毛绒的那个，我敢跟你们打赌，她一定没读过什么书。"

多拉则说："你不要打赌，尤其是在星期日。"艾丽丝听到这里就把打赌改说成"你们可以相信"。

"那又能怎么样呢？"奥斯瓦德看着丹尼问道，"还是说出来吧。"奥斯瓦德看着他的年轻朋友，好像他已经有了什么好的主意，但又没有说出来，于是你得耐心地听别人说，无论你觉得那个主意是多么的傻。

"我希望你们不要这样地催促我。"丹尼着急地掰着手指说，于是，我们只能尽最大努力耐心地等待。

"为什么我们就不能像他们那样呢？"丹尼居然只说出这么一句话。

"他说的是我们扮作古董收藏家，"奥斯瓦德对还没有听懂这话的其他人解释道，"可是我们现在无处可去，即使去了也无事可做啊。"

牙医生（这是我们给他起的绰号，他正式的名字是丹尼斯）此刻的脸红一阵白一阵的，然后把奥斯瓦德拉到窗口去进行密谈，而奥斯瓦德则尽量仔细地听他说着，可丹尼在悄悄说话时还要发出咝咝的声响。

"好了。"当牙医生信任奥斯瓦德以后，而奥斯瓦德也对他说的话好不容易听明白以后说，"我们终归在一起度过了一个夏天，因此面对我们不用这样不好意思。"接着他转过脸对其他很有礼貌地等着的人说："你们还记得那一天我们跟着艾伯特叔叔去贝克斯利荒原的事情吗？那里有一座房子，艾伯特叔叔说那里住着一位聪明的作家，而在更早的时候，一个在历史上很有名气的托马斯什么爵士也曾住在那里。丹尼是想让我们扮作古董收藏家，到那里去拜访，我们可以从铁路这边看过去，那可是个漂亮的地方。"

的确是这样的，那是一座红色的大房子，有一个漂亮的花园，有大片的草地，草地上有个日晷，到处都是高大的树木。

"可我们能去干什么呢？"狄克说，"我想他肯定不会请我们吃茶点的。"要知道我们对那些来看艾伯特叔叔的古董收藏家可是非常热情的。

"噢，我觉得不一定，"艾丽丝说，"也许我们可以穿得好看些，并且戴上眼镜，在去之前大家先读点资料。这样做的话可以丰富我们的圣诞假期，我是说在参加婚礼以前的这段日子，就让我们这么干吧。"

"好吧，我不反对这样做，这会让我们得到进步，"多拉说，"在去之前我们得读许多的历史书，你们可以先安排一下，而我现在马上就要去给黛西看看我们的女傧相服装。"

天啦！事实就是这样！艾伯特叔叔没有多久就要结婚了，也怪我们，居然没有想到这件事，不过这个故事还得继续讲下去。

多拉和黛西两个去看衣服，女孩子都喜欢衣服。不过艾丽丝不是这样想的，她真的恨不得自己是个男孩，于是和我们一起留了下来，大家认真商量了半天。

"有一点很清楚，"奥斯瓦德说，"我们要做的这件事绝对不会是一件错事，不过如果不是错事也就可能一点儿也不好玩。"

"噢，奥斯瓦德!"艾丽丝说，她的口气真的太像多拉了。

"我说的不是你想的那个意思，"奥斯瓦德用那种不屑的语气说，"我的意思就是，一件事看起来是非常不错，但最终的结果却是错的……嗯……我是说会出现这种情况的，难道你不明白吗？你以为是错的事情说不定不是错误的，而看起来是错误的事情，也许到最后还真不是错事……这种情况也是常有的……这个，你知道，而你认为并没有错的事情结果却是错误的，不过也很难得，甚至永远也不会出现，也就是那种很无趣的……"

狄克此时叫奥斯瓦德不要再说下去了。当然，弟弟说出这种话来，确实没有人能受得了，不过奥斯瓦德还耐心地解释着，而且他觉得有时候有必要把意思说得更加清楚些。一直等到奥斯瓦德和狄克结束了他们的谈话，我们才继续安排其他的各种事情。

　　另外，每个人要写一篇论文到那里去宣读，我们约定。

　　"可是，在那里读论文显得太长了，"诺奥尔说，"我们可以换一种方式，一家人围在火炉前的地毯上读，以此来度过漫长的冬夜，不过我的论文要用诗的形式来写……主要讲述阿金库尔战役的。"

　　我们这些人中有人认为写阿金库尔战役不大合适，因为没有人能断定参加过那场著名战役的爵士是否在这里住过。不过艾丽丝的话让我们大家都同意，她说，大家都写托马斯什么爵士也过于单调乏味了——奥斯瓦德说这位什么爵士的真名字他会去查清楚的，然后由他来写这位世界著名的人物。丹尼说他写查理一世，因为在学校的时候他正好读过查理一世的故事。

　　"我写1066年发生的事情。"霍·奥说，"我知道那件事。"艾丽丝说："如果换成我的话，我就写苏格兰的玛丽女王。"就在她说这句话的时候，多拉和黛西走了进来，多拉说这位不幸但有魅力的女人正是她们两个都想写的，因此艾丽丝只好放弃写玛丽女王，另外写一篇别的，留给她们两个人自己去做出选择。而我们一致认为那位穿黑丝绒长袍戴珍珠的令人惋惜的女王不够写两篇论文。

一切都安排妥当的时候，霍·奥忽然说了一声："万一他不让我们去那里呢？""谁不让我们什么？""那红房子里的人——万一他不让我们在红房子里读我们的论文呢？"

这种状况倒是谁都没有想到的——直到现在我还是认为不会有人会这样做，毕竟我们去那里还是客人，不会不让我们宣读论文。不过我们没有一个人愿意写信去问。无奈之下，我们只好用赌输赢的方式来决定谁来写这封信。只有多拉一个人想等到星期日来赌输赢，于是我们决定不用掷硬币而用赞美诗集的方式来赌输赢。

赌输赢的结果很快就出来了，我们大家都赢了，只有诺奥尔输了，他说他要用艾伯特叔叔的打字机来写这封信。打字机当时正好在我们这里，但是要等雷明顿先生送去修"M"这个字母。我们认为这个字母被打坏是因为艾伯特叔叔打"玛格丽特"这个用 M 开头的名字打得太多了。"玛格丽特"就是他要娶的那位小姐的名字。

姑娘们拥有当时梅德斯通古董收藏家协会和野外考古俱乐部秘书写给艾伯特叔叔的信。霍·奥说她们保留这封信是为了纪念那个日子——我们用蓝粉笔把日期和姓名改掉，然后加上了一段话，问我们能否在壕沟上溜冰，然后把它交给诺奥尔，因为他已经在写他那首关于阿金库尔战役的诗了。这天傍晚，爸爸和印度叔叔跟艾伯特叔叔要到林山去看朋友，于是我们就把诺奥尔的诗和铅笔都拿走了，并把他关在爸爸的房间里，让他和那台我们都可以碰的雷明顿牌打字机待在一起。我们想，他肯定不会打那个坏的打字机，开头打 S 和 J 两个字母和百分比的按键时，它们卡住了，后来狄克用螺丝刀把它们修好了。

没想到他一开始就打错了字母，于是换了纸再打，弄得满地都是扔掉的纸团，最后我们让他自己去打，而我们自己则玩著名的画家纸牌游戏——这个游戏连多拉都无话可说，因为大多数的画是《圣经》上的画。过了很长的一段时间，书房门响了一次，前门则响了两次，诺奥尔进来说，他已经把信寄了，接着他又去写他的诗了，但让我们在上床睡觉时把他叫醒。

直到第二天，诺奥尔才告诉我们，说那台打字机简直就是魔鬼的化身，以至于那封信打出来显得那么怪，连他自己都无法准确地朗诵出来。

"那可恶的机器一点儿不顺手，"他说，"我几乎用了爸爸一篓子最好的字纸，我不知道他回来后会说什么，因此我得赶紧把字打完，用蓝粉笔改正错字，因为你们拿走了我的两支铅笔……我都没注意我签上了谁的名字，直到将邮票贴上去时才想起。"

这些好心的兄弟姐妹们的心都沉了下去，不过他们还是打起精神来问："那你到底签了谁的名字呢?"

诺奥尔说："当然是爱德华·特恩布尔——如同原来的那封信一样，你们没有像画掉其他的地址那样画掉它啊。"

"不不不，"奥斯瓦德非常失望地说，"看看你，我还以为你就是再不懂事，但也应该知道自己的鬼名字啊。"

艾丽丝这时候指责奥斯瓦德说话太不客气了，虽然我们都知道他并没有不客气。但艾丽丝还是亲吻诺奥尔，说她会和他轮班守候邮递员来送回信（而回信的信封上当然会写着特恩布尔的名字而不是巴斯塔贝），以免女仆对邮递员说，这里没有叫特恩布尔的人。

第二天傍晚就收到了回信，信上写得很客气，完全是大人的写法，说是非常欢迎我们的光临，我们可以在那里宣读我们的论文，还可以在壕沟上溜冰。红房子那里有一条壕沟，和乡下的壕沟大宅一样，但不会有那么危险。而我们从来没有在壕沟大宅那条壕沟上溜过冰，因为一到天冷的时候我们已经离开了那里。

我们非常高兴，因为我们现在得到了红房子先生的许可（但是我说不出他的名字，因为他是一位非常有名的作家，可能不希望说出他的名字），于是我们就开始动手写我们的论文。写论文是很好玩的事情，只是写起来很难，多拉则说她不知道到底要用哪一部百科全书，甚至是哪一卷，因为她要查爱丁堡、玛丽女王、苏格兰、玛丽女王的第三个丈夫博思韦尔、霍利韦尔和法国等，奥斯瓦德都不知道自己要哪一部了，因为他也记不大清楚曾经住在红房子里的托马斯什么爵士的其他令人称颂的称呼。诺奥尔则深深地陷在了他的阿金库尔战役中，与我们的遭遇也没有什么区别，他依旧要埋头写那种诗，若不如此，就和我们不一样了。至少我们大家坚持各写各的，互不打扰，因此他就不能把诗念给我们听了。

霍·奥在半天里就把自己的手和脸弄得都是墨水，他第一个写好，并从爸爸那里弄来火漆和一个大信封，把一点儿东西放了进去并封起来，然后宣告他的已经完成了。

而狄克则不肯告诉我们他写了什么，不过他说他写的东西肯定是不会和我们的相同，当他为船只发明更多专利的螺旋桨时，他会让霍·奥帮他看看。

至于大家要戴眼镜的事情就有点儿不大好办，家里只能找到四副眼镜，印度叔叔有三副，还有一副是管家的祖父的。可是我们需要九副，因为老邻居艾伯特那天正好有半天的假，他也要参加我们的活动，他说如果让他参加，他就写关于《克拉伦登宪法》的论文，大家都以为他写不出来，于是让他参加了。没想到他给了大家一个惊喜，他还真的把论文写了出来。最后艾丽丝到村里去找贝内特先生，我们是他那家店的常主顾，每次挂表停了就送到他那里去修，因此他借给了我们一些空的眼镜架，我想这就是心照不宣吧，因为万一我们弄坏了或者让它们生锈了，就得付给他钱。

就这样，我们一切都准备好了，最后终于等到了那一天，这时候也就是假期。当然，对于我们来说是假期，而对爸爸来说却不是，他的生意似乎总是没有停下来，只除了圣诞节之类的节日之外。因此，我们也用不着去问爸爸我们能不能去，奥斯瓦德则认为事后用谈笑的方式告诉爸爸，他会更加开心的。

丹尼、黛西和艾伯特那天也过来了，他们要和我们一起度过这一天。

我们对布莱克小姐说，红房子先生请我们去，于是她只好让我们去了，而且要姑娘们穿上她们最漂亮的衣服，也就是那种带穗子的大衣和红圆帽，这种宽大的大衣用来玩拦路抢匪的游戏最精彩了。

那天我们打扮得非常的整洁，到了最后我们才发现，霍·奥用烧剩下的火柴棍在自己的脸上画皱纹，结果反而把自己的脸弄脏了，因此我们赶紧叫他去洗掉。但他接着又要把脸涂红，弄得像个小丑，可我们大家决定，唯一的化装就是只用眼镜，但是就是这个也要等到奥斯瓦德戴了霍·奥才肯戴上。

那些粗心大意的行人做梦都不会想到，这九个一路上经过黑荒原车站，看起来没心没肺而且漫无目的的孩子们，还真都是地道的古董收藏家协会会员。我们上了火车后坐在一节空车厢里，当到了黑荒原火车站和另一个火车站之间时，奥斯瓦德下令让我们戴上眼镜，我们身上带着我们的考古论文，是写在练习本上的，而且卷起来用绳子扎好的。

火车站的站长和那些搬运工们，都恭恭敬敬地看着我们走下火车。然后，我们走出拱门离开了火车站，直接来到红房子的绿色院子门外。那里有一间门房，只是里面没有人。我们朝窗子里看了看，发现里面什么也没有，只看到了一个旧蜂窝和一根破皮带。

我们在门口等了一会儿，希望红房子先生能像当时艾伯特的叔叔欢迎古董收藏家们那样出来欢迎我们，可最后还是没有人出来。于是我们只好到花园里去转转，而花园里则是一片棕色，湿漉漉的，不过有许多东西不是每天都能看得到的。例如那些长着荆豆的凉亭，凉亭周围长满了红椿，里面还有洞。这里还有一个已经破旧的秋千、一个鱼塘，我们想，这里应该是很好玩的地方。可是此刻我们都有事，尤其是奥斯瓦德，他是一定要大声宣读他的论文的。

他说："让我们到日晷那里去吧，那里看起来比较干，你们也许不知道，我的脚现在都快像冰窖了。"

日晷确实比较干，因为日晷的周围是吸水的青草地，围绕青草地有一条由红白相间的大理石小方块砌成的倾斜小路。日晷上一点儿水都没有，太阳晒着手，摸上去感觉暖暖的，但是脚并不觉得冷，因为穿着靴子。奥斯瓦德叫艾伯特先来念，在大家眼里，艾伯特不是一个聪明的孩子，因为他不是我们家的人，奥斯瓦德想让他先读他的论文。要知道，艾伯特连开玩笑都没有任何趣味可言。所以有时候他想要在大家面前露一手时，那还真叫人受不了。艾伯特也不推辞，他念道：

克拉伦登宪法

克拉伦登（亦名克拉伦斯）只有一部宪法。它一定是部坏透了的宪法，因为它的性命已经被烈性的酒桶给断送了。如果它还有更多或更好的宪法，就一定会安度晚年。这对于谁来说都是一个警示。

直到今天我们也不知道他是怎么写出来的，会不会是他叔叔帮他写的。

我们大家听他念完之后，都开始鼓掌，不过鼓掌也不是诚心诚意的，因为我们的心里都在犯嘀咕。接下来是奥斯瓦德，在写他的论文时，他一直没有机会向艾伯特叔叔请教这位闻名世界的托马斯爵士姓什么，因此他只好称呼他为托马斯某某爵士，读的时候特意加重了语气，这比仅仅是描写显得更加有效果。既然这个花园有五百年的历史，他自然也可以在论文中引用一千四百年以前的历史事件。

　　此时，奥斯瓦德正在念关于日晷的一部分，过去我们到贝克斯利荒原时，他在火车上就注意到它了，我觉得这段文章写得还是非常精彩的。

　　"这个日晷很能说明查理一世被砍头的那一段时期的历史，记录了大瘟疫和伦敦大火时死人的状况。即使在这种灾难情况下，太阳仍然会照耀大地，因此，我们可以想象到那个托马斯什么爵士在这里诉说当时……哎呀，天啊！"

　　这最后一句话是奥斯瓦德自己创造的，因为历史上的人物永远不会有"诉说"这样一句话。

　　正在宣读论文的人猛然听见一个巨大的木头声音，像敲打一根单棍，就在他后面很近的地方响起，他连忙回过头去。只见一个非常生气的太太，身穿带毛皮的亮蓝色的连衣裙，像一个画中的人物，穿着很大的木头鞋，那种敲单棍的响声正是它们发出来的。她的眼睛很凶，嘴唇紧抿，看上去并不难看，但更像一个复仇女魔。当然，我们知道她是一个活人，我们礼貌地摘下了帽子示意。陪同她一起来的，还有一位绅士。

她对我们说："你们闯入了我的私人花园。"在我们听来，她的声音并不像奥斯瓦德根据她那张脸所想象的那么凶，但语气中还是感觉出来生气了。霍·奥看着她说："这难道是你的花园吗，女士？"这是毫无疑问的，我们也看到这显然就是她的花园，因为她既没有戴帽子、手套，也没有穿上上衣，而且那穿着木头鞋子的脚都没有湿。显然，大街上那些行人是不会有这种打扮的。

　　奥斯瓦德彬彬有礼地向她解释说，我们来这里是得到了许可的，并且给她看了红房子先生的来信。"这是写给特恩布尔先生的，"她说，"怎么到了你们手上？"红房子先生看着我们，显得很焦急，他请我们赶紧解释，于是奥斯瓦德用清楚而直率的方式回答。有人认为他天生就具有清晰地表达的本领，让人一听就不会产生怀疑。最后，奥斯瓦德说，要是细胳膊细腿的特恩布尔先生能一起来，那多好啊，不过今天来的是巴斯塔贝一家，不管他是怎么想的，他们总比那位细腿先生一个人来到这里要强。

　　那位女士听完之后，忽然很快活地咧开嘴笑了起来，并且让我们继续宣读我们的论文。于是，刚才发生的一切的不愉快自然地变得烟消云散了，连最愚蠢的人都能看出来。之后，她还邀请我们一起吃午餐，就在我们还没来得及和她客气一下时，霍·奥还是和往常一样立即插嘴，说他要留下来，就算午餐没什么吃的也没关系，因为他现在非常喜欢她。那女士听了哈哈大笑，红房子先生也跟着哈哈大笑，她说他们就不打搅我们读论文了，然后就离开了我们。

奥斯瓦德和狄克坚持把论文读下去，尽管姑娘们想谈谈那位红房子太太。在姑娘们看来，红房子太太是那么的好，特别是她穿的衣服的做工。奥斯瓦德没有理会姑娘们的谈话，继续读他们的论文。终于，奥斯瓦德也在匆匆忙忙中读完了自己的论文，但接着他马上就后悔了。因为他刚一读完，红房子太太就出来了，说她也要来参加这盛大的聚会。她要以一位老资格的古董收藏家的身份参加，要做到始终和蔼可亲地聆听每一个人的论文。奥斯瓦德心里想，她要是听到了自己的发言，一定会最喜欢他的那篇。

狄克的文章写的是关于专利螺旋桨的，他说如果那时纳尔逊的战舰用这种螺旋桨，他也就不至于魂归西天了。

黛西的文章写的是简·格雷郡主。她的文章和多拉的文章是一样的，都是从书上抄下来的，简直就是乏味至极。

艾丽丝则没有写文章，因为那时她一直忙于在帮诺奥尔抄他的文章。

丹尼写的是查理国王，他对这个倒霉的君主和白玫瑰的写作非常的投入。

红房子太太接着把我们带进了暖和的凉亭，在那里，我们得以把论文继续读完，只有诺奥尔和霍·奥的论文是在马厩里读完的，当然，马厩里是没有马的。

诺奥尔的论文写得非常长，开头的几句是这样的：

这是阿金库尔战役的故事。

如果你们还不知道，那就更应该听听。

这是一场著名的战争，你们那古老家庭的祖先曾参与其中，

而古老的巴斯塔贝家族就是其中之一，

他们的祖先是多么勇敢和坚强，他们在阿金库尔奋勇作战……

这首诗就这么反复地读下去，没完没了，直到我们中间有人感觉到非常奇怪，为什么要发明出诗来。可是红房子太太说她非常喜欢诗歌，诺奥尔见到这种情景，于是说："我可以把我这一份送给您，我家里还有一份。"

"噢，太感谢了，不过我要做的就是把它保存在我的心口上，诺奥尔。"她这么说的，她也是这么做的，她接过来把她藏在蓝毛皮衣服下。

最后一个是霍·奥，大家叫他读，但是他却不读，于是多拉打开他的信封，信封很厚，里面却是张吸墨水纸，上面只有一句话：

1066 年征服者国王威廉。

"我说过我要写下的是我知道的事情，是有关 1066 年的事，"他说，"可我知道的就这些，对于我不知道的我就不能

写，是这样的吧?"姑娘们都赞同他的观点，但是奥斯瓦德不是这样想的，他认为霍·奥可以试试。"你犯不着只为了写这一句话就把脸全部弄黑。"他说。

这时，红房子太太非常高兴，并哈哈大笑，她说这一份材料很有趣，有了它也就知道了有关 1066 年的事。

接下来我们再次来到花园外面，大家玩赛跑，而红房子太太替我们保管所有的眼镜，并给我们做啦啦队。她说她是"自动的喝彩终点柱"。我们实在太喜欢她了。

午餐是在莫登府古董收藏家协会和野外考察俱乐部郊游日结束后开始的，然而真正的古董收藏家那难得的真正奇遇却是在午餐后才开始。在此，我先给大家说上一句法国话来结束这一章。而这一句话是艾伯特的叔叔告诉我的，因此我知道这是对的，而且我想，你们家的大人会告诉你这句话是什么意思。

Au prochain nume'ro je vous promets des e'motions.

附记：你们家的长辈如果不能被打扰，那我现在就告诉你们这句话的意思吧：我向你们承诺，在接下来的一星期里你们将看到我的真情。

6

　　我们假装古董收藏家戴上眼镜，那空的眼镜架则涂上了凡士林，这样可以防止生锈，不过却把我们的脸弄得很脏。等到古董收藏家的游戏结束之后，红房子太太像妈妈或者阿姨那样彻底地又极其温柔地帮助大家把脸上的脏东西洗掉。

　　接下来，我们把自己梳洗得干干净净的，从浴室来到了餐厅。说实话，这座房子真的非常漂亮，姑娘们却认为它太大了，显得空空荡荡的。不过正因为这样，这里也就有了更多的地方可以做游戏。所有的家具颜色看起来都很好看，桌子上的东西也都是玻璃杯、碟子什么的。奥斯瓦德很有礼貌地称赞着所有的东西。

　　午餐是异常丰富的：牛舌、果仁、苹果、橘子、蜜饯、姜味汽水等应有尽有。诺奥尔说那些小玻璃杯是仙人用的酒杯，大家为彼此的健康祝酒——诺奥尔对红房子太太说她非常好，并且要写诗献给她。他的诗在这里我就不说了，因为红房子先生是一位作家，他会在他的书里用上它。本书作者受到教导，总是要为他人着想，我想大家对诺奥尔的诗实在是受不了啦。

　　这顿午餐，我们大家吃得可以说是无拘无束的。如果说一位结了婚的太太还可能是一位乐天派的话，红房子太太正是其中之一。红房子先生同样好，他也很擅长谈一些有趣的话题，如围城、板球、外国邮票等。

连诗人有时候也会说出点儿什么来，诺奥尔一写完他的诗就说：

"你们这里有秘密楼梯吗？你们有没有把你们的房子好好探索过呢？"

"是的——我们已经探索过了，"红房子太太真是少有的礼貌，她接着说，"如果你们没有探索过，只要你们高兴，你们可以去探索一下，可以到处随便走。"她用真正高贵的心灵和那种高贵气质加上一句，"把什么都看看——只要不要弄乱。你们去吧！"

我们全体非常感谢，马上就走，以防她改变主意。

我在这里不再描述这座红房子了——因为你们也许不在乎一座房子有三座楼梯，有比我们见过的更多的柜子、隐蔽角落、有横梁的大顶楼、可以推进墙里的带轮子的大五斗橱……有一半的房间是没有家具的，有家具的房间摆的也都是些好玩的老式家具。那些家具有些连长大后的作者也描写不出来——可能有暗抽屉或者秘密搁板，连椅子也是。一切都太美，太神秘了。我们在整座房子里走了几遍以后，想起了地下室。厨房里只有一个女仆（因此我们想红房子先生和太太一定过得很贫穷，他们真正的日子，就像我们原先那样），我们对她说：

"你好！我们得到允许可以到处走走。请问地下室在哪里，我们可以进去吗?"她很友好地说:"天啊,亲爱的……我想可以。"她客气地回答,同时指点我们地下室在哪里。

我想我们自己是不会找到通向地下室那条路的。储藏室有一块宽搁板,摆了一排擦好了的男人穿的皮鞋,前面地板上有一块木头。这位女仆将军——她显得像一位将军——把木头拿起来,打开搁板下面的一扇小门,就是楼梯进口,是可以对折的活板门——这样的东西我们也还没见过。

她给我们一个点燃的蜡烛头,我们就进入了那个黑洞。楼梯是石头做的,在头顶上弯成拱形,像教堂那样——它弯来弯去,不像别的地下室楼梯。到了下面,整个地下室都是拱形的,有很多蜘蛛网。

"是一个贼窝。"狄克说。这里面有啤酒窖,有个放酒的酒窖,有个储存窖,窖顶有钩子,旁边有石架——正好用来放鹿肉馅饼和鹿肉。

接着我们打开一扇门,里面又有一个房间,中间还有一口井。

"很明显,是用来处理死尸的。"奥斯瓦德说。

这些地下室可都充满了光荣的历史,从一个室到另一个室都有通道相连,我真希望我们家的地下室也能建成这样。

最大的一个房间里有一大堆啤酒桶,霍·奥提议说:"为什么我们不来玩'城堡国王游戏'呢?"

我们玩得痛快极了。丹尼个子瘦小,钻到啤酒桶里面去最合适,还不会挤伤他的手脚。"没事。"他在里面高声地回答我们担心的问话,"一点儿事也没有,这里的墙让人觉得软软的

——当然它不是软的——可不像石头那样刮指甲，也许是一个秘密地洞的门。"

"好一个老伙计，你这个牙医生！"奥斯瓦德回答道，他一直很喜欢丹尼，觉得他有自己的想法，因为是我们把他这个傻乎乎的白老鼠调教好的。"可能是的，"他说下去，"但是这些酒桶像铅那么重，根本搬不动。"

"我们难道就不能从另一条路进去吗？"艾丽丝说，"应该有一条地底通道，我想应该会有的，只要我们知道就好了。"

奥斯瓦德的头脑一向是富有地理知识的，他说："看那里！那边有一个地窖，那里的墙还没有完全到顶——我们看到的那个房间是在餐厅底下——我可以在那下面爬，我想它一定通到这门的后面。"

"赶紧先把我弄出去！噢，把我弄出去，让我也去。"被酒桶困住的牙医生从门附近看不见的地方大声地喊叫。

奥斯瓦德趴在酒桶顶上，用双手去拉那个抓住他手的牙医生，用力地把他往上拉，其他人则抓住巴斯塔贝家代表的靴子。这位代表自然是奥斯瓦德，爸爸不在时他就是代表。

"来吧，"丹尼终于露出了脸，他的脸上又是蜘蛛网又是黑不溜秋的，奥斯瓦德叫道，"把剩下的火柴给我们！"

"其他人都站在酒桶旁边，如果我们到了里面，敲门你们就答应。不过我想我们在半路上说不定就完蛋了。"探险家奥斯瓦德充满探险希望地说。

聪明而且富有地理头脑的奥斯瓦德继续带着我们往前爬，

很快就发现那里的另一个地窖通到外面就是壕沟，我们猜想那一定是中世纪的时候留下的一间船屋。

"这里好像是煤矿，"奥斯瓦德边说边在粗糙的墙头上爬着，"只是我们现在没有鹤嘴锄和铲子。"

"也没有安全灯啊。"丹尼带着可惜的语气说。

"根本就用不着安全灯，"奥斯瓦德说，"它们只是保护那些做苦活的矿工避开潮气和窒息性的空气，而这里没有这种东西。"

"对啊，"丹尼对奥斯瓦德的说法表示赞同，"这里的潮气只是普通的潮气而已，不会给人带来伤害的。"

"那就好，继续爬吧。"奥斯瓦德说完，于是他们就接着战战兢兢地用肚子贴着墙头爬动。

"我想，这是一次光荣的探险，你觉得是不是这样的?"牙医生喘着气问道，这时候，两个年轻的探险家，用他们那年轻的肚子至少擦掉了几码的灰土。

"你说的当然没错，"奥斯瓦德继续鼓励这个小家伙，"而且这次探险是你的发现。"他用敬佩的公正的态度再加上一句，对于这么小的一个家伙，这是非常难得的品质。"但愿我们到了那里之后，不要在那门后面找到一副被活埋的人的烂骨头，来吧，噢，你在干吗? 怎么停下来了?"他好心地问道。

"我——我的喉咙上都是蜘蛛网。"丹尼非常艰难地爬着，明显的比之前慢了许多。

奥斯瓦德依然大胆却小心翼翼地在前面带路，还不时地停下来划根火柴，因为面前一片漆黑，这位勇敢的领头人随时可能会落到井里或者地洞里，或者鼻子撞上黑暗中的什么东西。

"你不会有事的。"他不小心踢到了后面丹尼的眼睛，"除了我的靴子，你什么也不用怕，靴子砸了你也只是偶然的，不算什么。我也许会落到不知多少年代的陷坑里去。"

"我不会爬得太快，谢谢你，"牙医生说，"我想你还不至于把我的眼睛踢出来。"

他们爬啊爬，爬得都麻木了。最后奥斯瓦德在擦一根火柴时不小心，随着火星落下去，他正在爬的手离开了墙边，幸亏胸口牢牢地抵住墙，才没有落下去。

"停下！"他喘过气来连忙叫道。可是太迟了！牙医生的鼻子又撞到了大胆头头的靴子后跟。这让奥斯瓦德非常不安，尽管这不是他的错。

"把你的鼻子离开我的靴子一会儿，"他说，可是并没有发脾气，"我来擦根火柴。"

他擦了，就着火柴发出的朦胧的光，他朝悬壁下面看去。

最下面离他们不到六英尺，因此奥斯瓦德用手抓住，转动下半身，毫无惧色地纵身一跳，跳到了下面另一个地下室里，一点儿也没有受伤。然后他再帮丹尼下去。丹尼碰巧落到角落的什么东西上面，他说好痛啊，可总不至于像说的那么严重。

借着火柴的光亮，这两个勇敢的年轻人看到了这屋里的另一个地下室，里面有东西——虽然看起来非常的脏，但也非常有趣，形状很特别，可在他们还没看清楚是什么东西之前，火柴就灭了。

接下来的一根火柴是倒数第二根了，尽管丹尼很害怕，奥斯瓦德可是一点儿也不惊慌，他把它一擦亮，赶紧四处看了看，发现有一扇门。

"你用力地打门……就是那边的门，傻瓜！"他用一种欢快的语气对他忠实的跟班叫道，"在那个像防御架的东西后面。"

丹尼没有去过伍利奇，奥斯瓦德正给他解释防御架是怎么回事，这时火柴烧到了他的手指，熄灭了，他只好摸到门那里，自己去捶打它。

门对面其他人的捶门声震耳欲聋，于是他们终于得救了，也正是这扇门让他们得以被拯救。

"赶紧去问他们要些蜡烛和火柴，"勇敢的奥斯瓦德隔着门大声喊叫，"赶紧去告诉他们，这里面有各种各样的东西——有椅子腿做的防御架，还有……"

"什么架？"嗡嗡的另一边传来了狄克的声音。

"防御架，"丹尼这时颇有点儿得意地叫道，"我也不知道这到底是什么玩意儿，不过赶快去弄些蜡烛来，叫他们过来开门。我不想再原路返回去啊。"他接下来说他是害怕奥斯瓦德的靴子之类的话，我想其他人没有听到，因为这时候他们正在爬酒桶，吵得要命。

不过这吵闹声比起狄克找来大人把酒桶滚走的声音，那简直只能算是轻风的声音。在轰轰隆隆当中，丹尼和奥斯瓦德一直在那一片黑暗当中。他们擦亮了他们身上最后一根火柴，透过闪烁的火柴光，他们看到了一架又长又大的扎布机。

"它简直就像一个双尸棺材，"在火柴熄灭时奥斯瓦德说，"你高兴的话可以抓住我的手臂，牙医生。"

牙医生听奥斯瓦德说完，于是也就这么干了——后来他说，他之所以那样做，主要是因为觉得奥斯瓦德一定是害怕黑暗的。

"只需要一会儿了，"奥斯瓦德趁着酒桶滚动的间隙说，"我曾经读到过，有两个兄弟被判终身监禁，要在一个既不能坐也不能躺，更不能站的笼子里度过一生。我们现在也可以做到。"

"对，"丹尼说，"我想你可以选一样，不过我情愿站着，奥斯瓦德。只是我不喜欢蜘蛛——我是说不太喜欢蜘蛛。"

"你说得一点儿也没有错，"奥斯瓦德亲切而又温和地说道，"在这种地窖里也许还有癫蛤蟆、眼镜蛇之类的，它们被放在这里守卫着财宝。不过在英国没有眼镜蛇，可能改用响尾蛇。"

丹尼听到这里，开始有点发抖了，奥斯瓦德能感觉到他先用这条腿站着，再用那条腿站着。

"我希望有一会儿我可以用自己的两条腿站着。"丹尼说，不过奥斯瓦德坚定地说，这是不可能的。

接下来他们听到了门嘎吱嘎吱地打开了，好像有什么东西从门顶上落下来，奥斯瓦德吓得一时间还真以为是一大堆扭动着的可怕的毒蛇在守卫这个进口。

"好像是一个什么陷阱圈套，"他解释说，"就像是巫师使用的玩意儿。"

可最终发现，原来只是灰土和蜘蛛网因为潮湿而粘成的一大团。

接着其他人冲了进来，看起来轻松愉快，不知道奥斯瓦德带着丹尼进入——我应该说是经历的危险，来人中间还有红房子先生以及另一位先生，他们欢声笑语，蜡烛油滴在每个人的手上以及衣服上。勇敢的奥斯瓦德的禁闭终于结束了。同样，丹尼的禁闭也结束了。这个时候的他已经可以双腿站立了，于是他放下了坚忍不拔的奥斯瓦德的手臂了。

"这可是个大发现，"红房子先生高兴地说，"你们知道吗，我们在这里住了超过半年的时间，却从来没有发现还有个门在这里。"

"我觉得那是由于你们很少玩'城堡国王游戏'。"多拉有礼貌地说，"虽然我也一直觉得那个游戏很野蛮。"

"这个嘛，确实很奇怪，我们还没有玩过这种游戏。"红房子先生说着，开始动手把椅子一张张搬出去，当然，我们也全都动手帮忙。

"南森比起你来都要差！你的这种大胆探险精神应该获得一枚奖章。"另一位先生说，不过没有人给我们奖章，自然，我们不求任何奖赏，只是尽到我们的职责而已，即使这职责是多么的繁重，即使四处都是蜘蛛网。

这些地下室是有许多蜘蛛和旧家具，不过没有癞蛤蟆或者蛇。这一点没有人会觉得可惜，就是有人可惜那也很少。蛇太不讨人喜欢了。奥斯瓦德为此觉得它们非常可怜。

除了椅子，还有一个被拆成四堆的庞大东西。红房子先生说是一架压榨机。还有一些弯木头，红房子先生和他的朋友弄清楚是一张四柱腿老式大床的一部分。还有一个像木箱一样的东西，一头上面还有一个箱子，霍·奥说："可以把它做成一个不错的兔子笼。"

奥斯瓦德也这么想。可红房子先生说他另有用处，可以晚点儿再搬上去。我们花了下午余下的时间，把所有的东西都搬到上面的厨房。这工作真的累人，但我们觉得劳动是神圣的。那位女仆却讨厌我们辛辛苦苦发现的东西，我想她知道这些东西该由谁来洗刷干净。不过红房子太太高兴极了，说我们是可爱的孩子。

等到活儿干完之后，我们可就不再是一群干干净净的可爱孩子了，这时候那另一位先生说："你们大家愿意到寒舍喝杯茶吗？"于是，不止一个孩子问道："我们现在这样可以吗？"

"干净点儿看起来当然更好。"红房子先生说。红房子太太——我心目中的城堡夫人说："噢，来吧，我们现在去稍微洗洗干净。我比谁都脏，虽然我一直没去进行探险。"

那位先生的家是一座农舍，非常的漂亮，先生原来是一位战地记者，在他家里有许多书和画册，他还知道许许多多的事情。

这真是一个非常了不起的茶会。

回家的时候，我们对红房子太太和这里的每一个人都表示了衷心的感谢，她也亲吻了姑娘们和男孩们，接着侧着头看看奥斯瓦德："在我看来，你的岁数太大了。"奥斯瓦德可不想在这里被人说得岁数不太大，但就算是给红房子太太亲吻了，他也宁愿是由于别的原因而不是由于岁数太大。因此他都不知道该说什么好。就在这时，诺奥尔插进来说："你岁数永远不会大的。"

他这话是对红房子太太说的——不过奥斯瓦德认为说这种话实在是再傻不过了，没有任何意思，因为她被人亲吻已经太老，除非她自己让人这样做。可是，好像大家都认为诺奥尔说了一句非常聪明的话，反而奥斯瓦德却觉得自己像个小蠢驴。不过红房子太太依旧那样温和地看着他，像王后那么高贵地伸出她的手，他不知不觉亲吻了它，就像亲吻一位王后的手。当然，丹尼和狄克也学着这样做。奥斯瓦德但愿"亲吻"这个字眼不要再被提起，倒不是他亲吻了红房子太太的手，特别是她好像认为亲得好——而是这整件事情都太无聊了。

那位先生——我说的不是红房子先生——他把我们从黑荒原车站送回了家，他有一辆豪华的马车，拉车的白马有一双漂亮的眼睛。就这样，我们的一段最富有探险性的时光结束了。

虽然这段快乐的探险时光结束了，但它带给我们的快乐还没有结束，这种后果一直在延续。这种情况在我们的生活中常常会碰到，甚至也因此得到大人们的大加赞赏。但相对于别的人来说，往往会导致完全不同的结果，例如对于诺奥尔和霍·奥，他们就常事后回想这样一件倒霉的事情。

这些小探险家虽然人回到家里，但心仍旧乐滋滋地沉醉在地下的各种东西上面，甚至下水道。也正是它让我们第二天整天读雨果先生的小说。这是本法国小说，叫《悲惨世界》，书中人物是个大英雄，虽然他是个罪犯，一个窃贼，做过各种不同行当，逃进了一条有大老鼠的下水道，又奇迹般地回到外面，完全没有受到啮齿目动物的伤害（请注意：啮齿目动物指的是老鼠）。

读完下水道这部分，快吃午饭了，诺奥尔在吃羊肉时突然说：

"红房子的外表还没有我们的房子红。为什么那些地下室会这么好玩呢？你闭嘴，霍·奥!"因为霍·奥想开口说话。多拉向他解释，说我们不是都有相同的运气，可他似乎看不出来。

"事情的发生似乎并不像书里说的那样，"他说，"在沃尔特·司各脱的小说里不是这个样子，在安东尼·霍普的小说里也不是这样。我认为照规矩房子越红地下室越有劲。如果我写诗的话，我要让我们的地下室里的东西更加了不起。不只是些木头玩意儿。霍·奥，你要是再不闭嘴，我以后就什么也不让你参加。"

"那边有一扇门有踏级下去，"狄克说，"我们从来没有到那里去过，如果我和多拉不用跟着布莱克小姐去试鞋子，我们就可以到下面去看看了。"

诺奥尔接着说："这也是我想要说的。今天，正在你们去洗手准备吃饭的时候，我突然很想看看地下室。里面冷飕飕的，我让霍·奥也去了，我们下去过。那门至今还没有关上。"

我们快速地把饭吃完，穿上我们的大衣，十分同情狄克和多拉，他们为了鞋子的事不能参加。然后我们走进花园，那里有五个踏级通到那门。踏级是红砖砌的，由于年代久远，既没有人过问，更没有人来踩，踏级现在已经变成绿色了。踏级底下那扇门也没有锁，和诺奥尔说的一样。我们走了进去。

"这根本就不是一个啤酒窖，"艾丽丝说，"更像是强盗的储藏室。你们看那里吧。"

我们已经到了地下室，里面堆放着一堆堆的胡萝卜和其他蔬菜。"站住，我的伙伴们！"奥斯瓦德叫道，"千万不要移动一步！说不定就在离你们不到一步的地方埋伏着强盗！"

"如果他们向我们扑上来会怎样呢？"霍·奥说。

"我想，他们不敢贸然跳到亮处来的。"聪明的奥斯瓦德说。他去拿一盏他以前没有机会用上的新遮光手提灯。可有人拿走了他之前藏起来的火柴，于是，也就没有法子点亮这盏该死的灯了。可他想，他离开这么一会儿工夫也不会有什么影响。因为其他人在等他的这段时间里是不会闲下来的，说不定他们在猜想周围会跳出来什么东西袭击他们，要是真的有，那会是什么，它们又会在什么时候来袭击。

因此，等奥斯瓦德再次回到红踏级和开着的门，用他那盏手提灯四处照时，他真是大惑不解，因为里面的人一个也照不到。所有的人都不见了。"喂喂！"奥斯瓦德大声地喊叫。如果说他勇敢的嗓子在发抖，他一点儿也不感到难为情，因为他知道地下室里会有井，一时之间，连他那么聪明的人也弄不清到底发生了什么事。

正在这时，外面传来回答声，他连忙去找其他人。"小心!"艾丽丝说，"别让那堆骨头绊倒了。"于是，奥斯瓦德小心翼翼地向后跳了一步，他不愿意踩到任何人的骨头。

那堆东西看上去的确像骨头，一部分被盖着。奥斯瓦德仔细一看，发现原来是一堆萝卜。

"我们都等不及了，"艾丽丝说，"于是我们想，说不定你给什么事耽搁了，忘了自己正在做什么事情，不能回来。不过还好我们发现了诺奥尔拿着你的火柴。我很高兴你没有耽搁在那里，亲爱的奥斯瓦德。"

有些男孩可能会因为诺奥尔私自拿走火柴给他点儿教训，可奥斯瓦德没有。等到大家知道那一堆不是流血牺牲的武士的骨头，只好假装那些是骨头，这样自己会觉得好过一些，但在里面待的时间太久，也就感觉里面太冷了。因此奥斯瓦德说："让我们到外面的荒原去玩，暖和暖和我们的身子骨吧。在这里，用火柴可没有办法让身体暖和起来，就算火柴不是你们自己的。"

艾丽丝积极响应，和奥斯瓦德出去了。他们拿着爸爸的手杖假装打高尔夫球。但诺奥尔和霍·奥宁愿坐在公共休息室里的炉火旁。因此，奥斯瓦德和艾丽丝，加上去量鞋子尺码回来的多拉和狄克一起出去了。

当诺奥尔和霍·奥在炉火旁把他们的腿烤得太热、袜子发烫时，一定是其中一个对另一个说："让我们再到那地下室去看看吧。"而另一个居然傻乎乎地同意了。于是他们又再次上那里去，还趁奥斯瓦德不在，私自拿走了他的手提灯。

他们找到了那扇门后，就钻进去了。

他们来到一个拱顶小地下室里。后来我们知道，这房间是用来培育蘑菇的。不过在这黑房间里培育蘑菇，那已经是很久以前的事了。这地方打扫得非常干净，有新架子，诺奥尔和霍·奥一看到架子上的东西，本书作者料定他们的面色发青，虽然后来他们说没有。因为他们看见的是一团团线、一些铁罐和铁丝，他们中一个说，声音一定是发着抖的："我敢肯定这是炸药。我们应该怎么办？"另一个说："这是要拿来炸死爸爸的，因为他参加刘易沙姆的竞选，而且他在的那一方赢了。"

对方的回答一定是："事不宜迟，我们必须立刻行动。我们一定要切断所有的导火线，这里有好几打。"

奥斯瓦德认为，这两个小家伙真是好样儿的。因为诺奥尔又是写诗又是支气管炎发作，最多也只能算半个人多一点儿，却站在一堆炸药中间，既不尖叫，也不跑去告诉布莱克小姐或者其他仆人或者任何人，而是不声不响地在干危险的好事。当然结果这并不是一件好事——不过他们当时认为是一件好事。奥斯瓦德认为，如果你真以为自己做的是一件好事，也许你实际上并不是做错事。我希望你们明白这个道理。

这两个小家伙本要用狄克放在没穿出去的衣服口袋里的小刀割断所有那些导火线。可是导火线割不断，即使你碰它们时的手并不怎么发抖。

最后他们拿来剪刀和老虎钳，剪断了所有的导火线。这些导火线很长，弯弯的，细细的，铁丝裹着绿毛线，像是暗线。

接着诺奥尔和霍·奥（奥斯瓦德认为这显得有相当大的胆识）从花房的水龙头打来好几罐的水，把冰凉的水浇在装置炸药的机器上——他们认准了就是这个玩意儿。

接下来，他们浑身都变得湿淋淋的，但是他们觉得搭救了爸爸和房子，于是回去换了衣服。我想，他们也许对这件事一定会感到有点得意扬扬的，自以为自己有着伟大的献身精神。整个下午都被他们烦到了极点，他们始终只是喋喋不休地说他们有个秘密，可是却又不告诉我们到底是什么样的秘密。

直到爸爸回到家里——碰巧那天爸爸回家很早——那两个头脑发热（但是奥斯瓦德认为这种发热完全可以得到谅解）的小家伙才知道这可怕的事实。当然，奥斯瓦德和狄克原来是马上就能知道这件事，如果不是诺奥尔和霍·奥在那里装得神气活现的，始终不肯告诉我们的话，我们就会告诉他们两个，他们做的这件事真的是倒大霉了。

在此，我希望读者们现在已经做好了大吃一惊的准备了，在黑暗中，煤气灯被切断了，而且不能点燃，即使爸爸把什么话都骂出来了，也无济于事。

现在我们都知道了，地下室里的那些什么线啊罐啊，其实根本就不是什么炸药装置，那些是我们前一段时间去红房子时爸爸装的电灯电铃。

结果可想而知，霍·奥和诺奥尔被爸爸狠狠地骂了一顿，奥斯瓦德认为，这是我们的爸爸不像他常说的那样处事公正的事件之一，我的印度叔叔也是不公正的，不过他离自己做孩子的时间更为长久，因此我们必须要原谅他。

后来，我们每个人寄了一张圣诞贺卡给红房子太太，诺奥尔虽然由于她的地下室诱使他犯了错，但还是寄去了一张自制的圣诞卡，里面写着他的一首不朽的诗歌。第二年的五月，红房子太太写信给我们，并邀请我们去她那里看她。我们想到要公正，诺奥尔和霍·奥剪断电线不能怪她，于是大家就一起去了那里。不过这回我们没有带上艾伯特，因为他很走运，跟他妈妈的老教母离开了，她是在滕布里奇韦尔斯从事写作的。

我们再次来到红房子这里，花园鲜花盛开，草木翠绿，红房子先生和他的太太显得非常的快活，而且非常的热情，我们在那里又度过了了不起的一天。

不过你们相信吗？那些地下室看起来像箱子一样的东西，在霍·奥看来，应该是可以用来做兔子笼子的，红房子先生则把它洗干净，并修好了。红房子太太带我们到楼上的房间去再看看它，我们觉得简直是不可思议，它原来有弧形弯脚，看来花了许多力气精工细做，已经变成了一个摇篮。而且在我们上次来访以后，红房子先生和太太生了一个很小但很活泼的小宝宝，他就睡在这摇篮里。

我想他们是认为有了一个摇篮而没有婴儿睡，这是个极大的浪费。不过这东西本来很容易派上别的用处。它可以改做一个漂亮的兔子笼。养婴儿比养兔子麻烦多了，也无利可图。

7

　　这是一个万里无云的清晨，也是阳光灿烂的一天，淡蓝色的天空，如同瑞士的风景画，阳光照耀着花园里所有的绿色花木，它们在迷人的光芒中闪烁。

　　作为作者，在读书时就不大喜欢读那种描写天气的情节，但在写作中还是要对天气进行描写，因为这么好的天气在一月中旬真的很难碰到。至今，我都没有想起哪个冬天能有今天这样的好天气，也许只有这一天。

　　当然，我们吃完早饭就到花园里去了。（附言：我前面曾提到过绿色花木，也许你们会认为我写错了，或者认为我说漏了嘴：冬天怎么会有绿色花木。可是真的有，不仅是常春藤、桂竹香、圆三色堇、金鱼草、樱革，许多别的花木也都是常年保持着生命力，只有在非常冰冻的时间不是这样的）

　　天气真的很暖和，所以我们也就能坐在凉亭里。周围的小鸟兴奋地唱着歌，它们还以为春天已经到了，要么就是它们只要看到太阳就出来歌唱，也不管现在是什么季节。

　　此刻，所有的兄弟姐妹都坐在凉亭里那开始生锈的长椅上，总是富有远见的奥斯瓦德看到这种境况，觉得这是他召开之前早就想召开的会议的大好时机。于是，他站到凉亭的门口，防止有人忽然想去别的地方，然后说道："现在，我要开一个会。"

狄克问："要谈什么呢？"

奥斯瓦德说："过去我们寻过宝，也做过好孩子，现在是时候做点儿别的事情了。"

"只要愿意做就能想出事情来做。"他说出了一连串的事情以后说道。"对。"霍·奥没有举手，只是打着哈欠回答，要知道这样子是很没有规矩的，我们也对他说过了。"不过我不用听这些也能想出事情来，还记得之前我想过扮小丑去罗马吗？"

"你还好意思说，难道你还要我们一直记得你那件事吗？"多拉说。要知道，爸爸的确为了这件事非常生霍·奥的气。不过奥斯瓦德一直就不鼓励多拉总是翻旧账，因此他耐心地说：

"不错，你是能想出事情来，但你最好别去想那些事，现在我的意思是，让每个人说出一件让大家一起去干的事情——如同上次寻宝那样——我是说按照个人想出的各种办法去做。请大家现在先闭嘴——不，不要用你的脏手指伸进去堵住你的嘴，霍·奥，假如非得用什么东西来堵住你的嘴的话，我建议你用自己的牙齿吧。现在请大家想一会儿，然后大家把想法说出来，就按年龄大小的顺序说。"这位深谋远虑的小伙子赶紧加上这一句，防止大家闭嘴以后会马上同时开口说话。

于是我们大家都安静了下来，在美丽的黑荒原里，在这个阳光灿烂的大花园中，只有小鸟在光秃秃的树上卖力地歌唱（作为作者，我都为自己变得有点儿诗意而表示遗憾了，不过这种事以后也许不会再有了，因为这实在是一个格外晴朗的日子，小鸟也确实在欢快地歌唱，真是一件快乐的事情）。

当奥斯瓦德的挂表上那根指针走了漫长的三分钟以后（他那只挂表修好以后有三四天是很准的），他合上了挂表，说："时间到了，你先说吧，多拉。"

多拉说："我拼命地想啊，但还是什么也没有想出来，除了这样一句话：做个乖乖好姑娘，聪明的孩子一直就是这样。你们难道不觉得，我们可以做一个能想出好的法子但依然听话的好孩子啊！"

"算了，不要再搞这一套了！""我反对！"狄克和奥斯瓦德同时说了出来。

"你可别再把这件事拿来让我们做第二次了。"狄克加上一句。奥斯瓦德马上接着说："不要再搞什么好孩子协会了，谢谢你啦，多拉。"

于是多拉说她再也想不出别的什么事情来了，而且她认为奥斯瓦德也未必能想出什么更好的主意。

"我有个想法，"她的兄弟回答说，"我觉得，我们知道的东西可以说是少得可怜。"

"如果你说的是神话故事，"艾丽丝说，"那些我知道得已经太多了，谢谢你，不要说了。"

"我说的可不是什么神话故事，"老到的奥斯瓦德回答，

"我要说出来的全是真实的事情，而不是我们在书本上读到的事情。如果你们这些小家伙知道电铃，你们就不会……"奥斯瓦德说到这里停了片刻，接着说："我们的爸爸曾说过，一位绅士是不能用别人做错的蠢事来支持自己的论点的。"

"去你的错误和蠢事吧。"霍·奥说。姑娘们赶紧进行调停，过了一会儿才恢复和平，于是奥斯瓦德继续说了下去："让我们想办法变得更加聪明，这样可以互相指点。"

"我反对，"霍·奥说，"我才不要奥斯瓦德和狄克总是盯着我，还把那叫作指点。"

"我们可以把这个协会称为明智人协会。"奥斯瓦德赶紧说。

"这个主意听起来不错，"狄克说，"不过还是先听听其他人的想法再做决定吧。"

"哦，这么说应该是我，"狄克装出惊讶的神态，说："我的想法是让我们一起组织一个勤劳海狸协会，大家庄严宣誓立约，每天做点儿事情，也可以把它称作聪明人协会。"

"说不定我们会变得聪明过了头。"奥斯瓦德说。

艾丽丝说："我们总是把好事搞砸，到最后做了不好的事情，那可糟糕透顶。对，我知道现在轮到我说了，霍·奥，你再这样踢下去，桌子就被你踢破了，不要动我的脚，谢谢你。我现在唯一能想出来的协会名称叫作男孩子协会。"

"只有你和多拉两个会员。"

"还有诺奥尔——老实说，诗人不是男孩子。"霍·奥说。

"你再不闭嘴，协会根本就不会收你，"艾丽丝用一只手臂搂住诺奥尔说，"不，我的意思是我们全部——只是你们男孩子可不能总是说我们仅仅是些小姑娘，让我们做你们男孩做的事。"

"我不想做男孩子，谢谢你，"多拉说，"我看见他们的举动就不想做男孩，霍·奥，你不要吸鼻子了，用你的手帕，好吧，干脆用我的。"

现在轮到诺奥尔发言了，但是，等诺奥尔说出来之后，才发现他的这个想法可怕极了。

"我觉得，让我们做诗人吧，"他说，"我们要庄严宣誓立约，活在世上一天就要做到一天写一首诗。"

大家一听到这个可怕的想法，全都哑口无言了。艾丽丝说："这不行，亲爱的诺奥尔，因为我们当中，只有你一个人有足够的聪明做得到。"

毋庸置疑，诺奥尔这个让人受不了的想法被大家否决了，无须奥斯瓦德再说什么，要是说出来的话只会让这个小诗人伤心落泪。

"我想你们其实并不需要我说出我的主意吧?"霍·奥说，"不过我还是要说，我想你们都应该参加一个好心人协会，大家庄严宣誓，以后不要总是骂你们的弟弟。"

我们马上向他解释，这个协会他是不能参加了，因为他没有弟弟。

"你没有弟弟真的应该觉得很幸运。"狄克加上一句。

那个聪明和说话得体的奥斯瓦德此刻正打算把会议重新开起来，可是，我们听到了我们的印度叔叔正沿着雪松下那条花园小路啪嗒啪嗒地走过来。"你们好，小强盗们！"他用那种作为叔叔的快乐语气叫道，"这么晴朗的日子，你们谁想去看马戏呢？"

　　我们大家都想去，包括奥斯瓦德在内，会议哪一天都可以开，但看马戏就不一样了，过了今天就不知道什么时候还有。

　　我们如同沙漠里的旋风那样快速地做好了准备，然后和我们这个好心的印度叔叔一同出发，他在印度住了那么长时间，你看到他的样子发现他可热心了。

　　在去火车站的半路上，狄克猛然想起了他为船只所发明的专利螺旋桨，刚才在等奥斯瓦德用脸盆洗脸的时候还在浴缸里摆弄着呢。而在那场沙漠旋风中，他忘记把它拿出来了。因此，他要马上赶回去，他知道如果把它放在那儿，做工用的报纸就会烂掉。

　　"放心吧，我能追上来的。"他叫道。

　　印度叔叔去买好了火车票，等火车进站的时候，狄克还是没能赶到。"真是的，这个烦人的孩子！"印度叔叔说，"你们可不想错过那开场的节目吧？呃，对吧？啊，他来了！"印度叔叔上了车，于是我们也上了车，可狄克没有看到奥斯瓦德在挥动着印度叔叔给的报纸，他在火车旁跑来跑去，到处找我们，而不是像奥斯瓦德那样行动，聪明一点儿的话就先上车再说。等到火车开始动起来了，他也很想打开一扇车厢的门先上车，可打不开了。突然，有一扇门总算打开了，他正要踏上去，没想到一个块头很大的搬运工一把抓住他的衣领，把他给拉了下来，并对他说："喂，你这个小家伙，你这样做不要命啦？"

狄克非常生气地打着那个搬运工，但一切无济于事。转眼工夫，火车开走了，我们坐在车上，狄克则没有上车，所有的车票都在印度叔叔的皮大衣口袋里。在这里，我就不想给读者朋友们赘述看马戏的事情了，因为我觉得，说我们看马戏看得津津有味，而把狄克给忘了，那是很不好的。我们在想，等我们回到家，大家在他面前一定要做到绝口不提马戏的事，不过这好像很难做到——因为马戏太让人难忘了。我想他肯定把那个搬运工骂了一遍，直到最后站长过来调解完事以后，他才独自苦恼了一整个下午。

等我们看完马戏回到家，他没有对我们说什么，我想他有足够的时间认识到这件事不能怪我们，不管他当时是怎么想的。不过他也不肯说这件事情，只是说："我要去找那个搬运工算账，你们也不要来烦我，我很快就能想出办法的。"

"报复是不对的。"多拉说，艾丽丝这时请多拉好心保持安静，因为此刻我们都觉得我们这个不幸的兄弟已经非常的难过了，还去进行说教实在是太愚蠢了。

"现在难过也是没有必要的。"多拉还在继续说。

"管它对不对！"狄克哼哼地说道，"我很想知道是谁开的头，火车站是个该死的地方，那里很难实施报复，要是知道他住在哪里就好了。"

"我知道，"诺奥尔说，"我早就知道了，还是圣诞节的时候我们住到壕沟大宅以前。"

"哇，那么在哪里呢？"狄克凶巴巴地问道。

"难道你想把他的头给咬下来，"艾丽丝说，"你告诉我们吧，诺奥尔，你怎么会知道？"

"那次你们在磅秤那儿称自己的体重那会儿，我没和你们一起去称，因为我的体重根本就不值得去称。就在那时，旁边有一大堆用篮子装的火鸡、野兔等等之类的东西，一只火鸡和一个牛皮纸包裹上有一张标签，而现在你那么恨的那个搬运工那时对另一个搬运工说……"

"快点说啊，快点说啊！"狄克急迫地说。

"你要是再这样催我的话，我就不告诉你了。"诺奥尔说。这时，艾丽丝只好哄着他，这才能让他继续说下去。

"他看着那标签说：'上面写错了，比尔，地址写错了，是艾贝尔街3号，对吧？'另一个搬运工看了看说：'对的，你名字倒是一点儿也没有错。这可是一只很好的火鸡，还有香肠在包裹里，可惜他们地址写错了，是不是啊？'他们彼此哈哈大笑，也就在他们大笑时，我偷偷地看了一下那标签，上面写着：詹姆斯·约翰逊，格兰威尔公园8号。因此我知道他住在艾贝尔街3号，名字叫詹姆斯·约翰逊。"

"你称得上是一个老牌的福尔摩斯了！"奥斯瓦德说。

"你不会真去把他打伤吧？"诺奥尔说，"你说是不是？你不会要用刀子或者毒药去实施报复吧？要是我的话，顶多给他设个圈套，让他吃点儿苦头。”

当诺奥尔说到“圈套”两个字时，我们大家看到狄克的脸上露出一种快乐而又古怪的眼光。我们相信那就是所谓恍惚的神色，当一个人在看一幅画时，你就可以发现这种眼光——画里一个女人的头发垂下来，抱着一个照相簿，所有的店里都贴着这幅画，他们把这幅画叫作“灵魂苏醒”。

果然，狄克的灵魂一苏醒，立马发出咯咯的咬牙声，接着说：“我有办法了。”

当然，我们也看出来了。

“你们中间如果有人认为报复是不对的话就请离开这儿。”多拉感觉他说话非常不客气，难道他真的要把她赶走吗？

“爸爸书房里火很旺盛，”他说，“不，我不是生你的气，不过我还是要报复，我不要你做你认为不对的事情，否则你以后只会烦个没完没了的。”

“好吧，那样做肯定是不对的，因此我走就是了，”多拉说，“不过你可不要说我没有警告过你，就这些!”说完她转身就走了。

接着狄克说：“现在你们还有谁反对?”

大家沉默了，狄克看着没有人回答，他继续说下去：“是你说到的‘圈套’提醒了我，他的名字叫詹姆斯·约翰逊，对吗？他说那些东西的地址不对，是吧？好，那我就送给他一只火鸡加香肠。”

"火鸡加香肠，"诺奥尔说，想到这个主意，他的眼睛都鼓了起来，"一只活火鸡……不，不要是死火鸡吧，狄克？"

"我要送给他的火鸡不是活的，也不是死的。"

"那是很恐怖的事情啊！半死半活的东西，那可是比什么都要糟糕的啊。"诺奥尔脸青成那样，艾丽丝叫狄克不要再开玩笑了，告诉他们他的主意到底是什么。

"你们还没明白吗？"他叫道，"我已经很清楚了。"

奥斯瓦德说："自己的主意自己当然清楚，赶紧说。"

"好，那我就告诉大家吧，我要去弄一个篮盖，里面装满了包包，顶上放一张单子——从火鸡和香肠开始写，把它送去给詹姆斯·约翰逊先生。当他打开一包包的东西，结果却发现什么没有。"

"包包里面一定要有东西，你知道，"霍·奥说，"否则包包就不是包包了，变得扁扁的。"

"噢，里面是得放点儿什么东西，"没去看马戏的狄克愤恨地回答，"不过放的绝对不是他想要得到的东西，让我现在就动手，我去拿篮盖。"他到地下室捧来个大篮盖和四个干草盒的空瓶子。我们往瓶子里灌进去加了水的黑墨水、红墨水、肥皂水和清水，然后我们在单子上写上：

1瓶	波尔图葡萄酒	1瓶	雪利酒
1瓶	香槟酒	1瓶	朗姆酒
1只	火鸡带链子	2磅	香肠

1个	葡萄干布丁	4磅	牛肉馅饼
2磅	杏仁和葡萄干	1盒	无花果
1瓶	法国杏子	1个	大蛋糕

我们赶紧动手，包出了各种包包，里面看上去正是单子上的非常可口的东西，不过，做成火鸡的样子是最难的，不过最终我们还是做出来了，就用煤块、报纸团和木柴等，再用许多绳子和纸巧妙地扎紧，加上像火鸡腿的木柴，做出来和真的没有差别。至于香肠，我们则用抹布来做，当然不是用干净的抹布，我们把抹布卷紧，用纸裹成香肠的样子。葡萄干布丁是用一团旧报纸做成的。牛肉馅饼也是用旧报纸做的，杏仁和葡萄干也是，不过那盒无花果，盒子倒是真的是无花果的盒子，只不过里面是煤渣和火灰，把它们弄湿了黏成团，一碰就会发出沙沙的响声。那瓶法国杏子，瓶子也是真的，里面放的是吸墨水的报纸。蛋糕则是多拉的半个手筒盒，放在篮盖底下，手筒盒里放着一张纸条：

他人先动手，报复亦无错。是你先动手，现在该受如此报应。

于是我们把所有的瓶子和包包都塞进篮盖里，单子则用别针别在最上面盖住假火鸡的纸上。

狄克本来想写上一句："无名之友赠。"可我们考虑到狄克的心情，认为这样写确实不好。

最后我们写上："不愿具名者赠。"这确实是真的。

狄克和奥斯瓦德费了很大力气才把那篮东西送到挂着卡特·佩特森招牌的店门口。

"我发誓，我是不会付车费的。"狄克说，他依然还在因为自己没能赶上火车而耿耿于怀，所以这么说。而奥斯瓦德则没有尝到那种苦头，所以说车钱还是要付的。后来他很高兴在他那小小的心中有这种高尚的感情，并让狄克也产生了这种感情。

我们付了车钱，总共是一先令五便士，不过狄克觉得，对于这样高级别的报复，这个价钱已经是便宜的了，反正花的也是他自己的钱。

接下来我们回家了，然后又吃了一顿——不过因为狄克的报复，下午的茶点没有谁吃好。

那个收我们一篮东西的人告诉我们，说这篮东西要第二天才能送去。因此，第二天早晨，我们一想到那个搬运工就将上当时，大家心里就有一种幸灾乐祸的感觉，而狄克则是比任何人都要得意。

"我想这个时候应该到了，"吃午饭时他说，"这可是第一流的圈套，他要上多大的一个当啊！他将要认真读那张单子，还要一包一包把东西拿出来，最后拿到的是蛋糕。这真是一个了不起的主意！能想出这么一个主意我真是太高兴了！"

"可是我一点儿也不高兴，"诺奥尔忽然说，"我真希望你没这样做过，我希望我们大家都没这样做过。我很清楚那个家伙此刻是什么心情。而他的心情也就是他为了这件事想把你给宰了，我敢说他会那样做的，如果你不是个偷偷摸摸的胆小鬼，没有写上你的名字的话。"

诺奥尔的这番话在我们当中简直就是一个晴天霹雳，它让奥斯瓦德内心感到不安，觉得多拉也许是对的。她有时候是……奥斯瓦德讨厌这种想法。

狄克听了他这个小弟弟从未有过的讨论，他一下子惊呆了，连话都说不出来，还没等到他恢复说话的能力，诺奥尔已经开始哭起来了，连饭也吃不下去了。艾丽丝好言相劝，希望狄克不要计较这一回了。狄克说他不在乎一个傻小子是怎么想的，然后就沉默了。诺奥尔哭过了之后，也就开始写诗了，一直写了一个下午。奥斯瓦德只看到了诗的开头，它的题目是：

失望的搬运工的怒火

用搬运工特有的口吻写出如下诗行：

我打开眼前的大篮子，

发现有东西一包包，

我满心欢喜，喜出望外，

可转眼我便大失所望，

我抓起自己防身的钢刀和一碗毒酒，

我一定要惩罚那个恶搞的男人或者女人，

他或者她竟能想出如此毒招，

欺骗一个如此老实的搬运工，

让他受罪难受，

这样的馊主意，

绝非高尚之人所为！

　　接着，他写了一页又一页，当然全是一派胡言，不过……
（我当时不想说出来的所有想法，已经都写在书里了）那天傍
晚吃茶点时，简忽然走进来说："狄克少爷，门口有位老人问
你是不是住这儿。"

　　狄克以为是鞋匠，于是就走了出去，而奥斯瓦德则跟在后
面，因为说不定他还可以找那个人讨点儿鞋线蜡。

　　结果让人大失所望，来的人不是鞋匠。这位老人看起来脸
色苍白，知道他要找的是狄克，我就请他先来到爸爸的书房，
让他坐在炉火旁边。他坐下后就说："能请你们关上房门吗？"

　　这可是强盗或者杀人犯会做的事，不过我们一点儿也不认
为他会做这种事情，毕竟他这个年龄已经不适合做这种事了。

　　关好房门之后，他说："我也不会说更多的话，两位少爷，
我只是过来问问，那些东西是你们送的吗？"

　　说着，他从口袋里掏出一张纸，那正是我们的单子，奥斯
瓦德和狄克相互看了看。

　　"是你们送来的吗？"老人又问了一遍。狄克只好耸耸肩
说："是的。"

　　奥斯瓦德问他："你是怎么知道的？请问你是谁？"

这一回，老人的脸色更加苍白了。他又掏出一张纸——那是我们用来包火鸡和香肠的青灰色纸。

"我就是这么知道的，"老人说，"唉，这还用说吗？是你们的罪过把你们揭露出来的。"

"可你到底是谁呢？"奥斯瓦德也再问了一遍。

"噢，我也不是什么特别的人，"老人说道，"我只是一个父亲，我那可怜的女儿就是被你们欺骗的人。噢，尽管你们看上去是那么骄横，小少爷们，可我还是到这儿来了，我只是为了说出我的心里话，即使是马上死掉我也要说出来，这到底是怎么回事？"

"我们并不是要将那东西送给一个姑娘的，"狄克说，"我们是不会做这样的事情的，我们送那些只是为了……为了……"我本来还以为他会说只是为了开个玩笑，可是那位老人那样恨恨地看着他，他就说不出来了。"我们那样做是为了报复那个搬运工，他不让我登上开动的火车，害得我没能和大伙儿一起去看马戏。"奥斯瓦德非常高兴狄克不是因为过于骄傲才不愿意向老人家讲清楚的，他非常担心他会这样做。

"我根本就没把这些东西送给一个姑娘。"狄克再说了一遍。

"唉，"那位老人家说，"有谁告诉你那个搬运工是单身一人的呢？我那可怜的女儿就是他的妻子，当她打开那个可恶的篮子时，看到篮顶上你们那张瞎写的单子，写得那么清楚，她于是对我说：'爸爸，这里有一个患难朋友，所以这些好东西是送给我们的，还没有写上名字呢，让我们连谢谢都没机会。我想是有人知道我们如今有多么的贫穷，吃也吃不饱。'她还对我说，'我应该称呼他们为大好人。'她说，'这些可爱的包包我一定要等到吉姆回家才打开，我们要一起分享这份快乐，我们三个在一起。'等到他回家……我们打开那些可爱的包包……到现在她还在家里哭得很伤心，而吉姆呢，他只骂了一句，他骂了一句我不怪他……虽然我从来不曾骂过人……接着他坐在一把椅子上，用手撑着椅子，遮住他的脸……'埃米，'他说，'上天做证，我不知道在这个世界上有我的敌人。'我什么话也没有说，只是把纸捡起来，到这所漂亮房子来告诉你们我的看法。这是一个恶毒的游戏。现在，我的心里话全说出来了，祝你们两位晚安！"

老人说完转身就要走，那么我就不告诉你们奥斯瓦德这时候的心情了，他只希望狄克也有同样的心情，做出正确的行为。狄克是这样做了，奥斯瓦德简直是又惊又喜。

狄克说："噢，请等一等，我根本就没想到你那可怜的女儿。"

"要知道，她最小的孩子才三个礼拜。"老人家非常生气地说道。

"我可以用我的名誉担保，我除了想到要向搬运工报复之外，其他什么也没想到。"

"他只是在尽力做好他的本职工作而已。"老人说。

"此刻，我请求你的原谅，也请求他的谅解，"狄克说，

"我的做法是不光明磊落，对此，我深表歉意。我要想办法弥补这一切，让我们和解吧，我只能说我很抱歉，但愿我没有这么做过。"

"好了，"那位老人慢慢地说道，"我们就说到这里吧，下次你也许就能想到，你这样报复，到底报复的是谁。"

狄克一定要和他握手，奥斯瓦德也是。这样，他们就把老人给送走了。然后，我们也只好回到大家那里，把这件事告诉他们，这虽然很难，但是比起要把这一切告诉爸爸，那也算不了什么，不过最后还是要跟爸爸说清楚的。我们如今全都在想到底要怎么办，不过是诺奥尔第一个说出来的，我们只有一个办法能跟詹姆斯·约翰逊、那个可怜的姑娘、那个可怜的老父亲、那只有三个礼拜大的婴儿道歉，那就是送给他们一篮真的东西。可我们只有六先令七便士，因此只好告诉爸爸，再说也只有这样我们才能心安。爸爸给我们钱去买一只真正的火鸡和香肠，还给了六瓶葡萄酒。

我们这一回不敢叫卡特·佩特森把这篮东西送去，怕他们以为又是一次报复他们的假货，这是我们自己叫马车送去的一个原因，另一个原因是我们想看到他们亲自打开篮子，当然，还有一个原因，就是希望——至少狄克希望和搬运工，还有他的妻子谈谈，告诉他们他是多么的抱歉。于是我们请园丁帮忙偷偷地打听搬运工什么时候休息，想找个时间到他家去。

那位老人，还有他的女儿以及那搬运工对我们非常的客气，搬运工的妻子说："我的天啊，就让那些过去的事情都过去了吧。我从来就没有收到过这样好的礼物，少爷们，太谢谢你们了。"

从那次以后，我们就成了朋友。

也因为这件事情，我们有一段时间一直没有零花钱，不过奥斯瓦德也不抱怨，虽然那件事完全是狄克的主意，然而奥斯瓦德承认在报复者的篮盖这件事情上，他还是卖足了力气帮忙。多拉也分摊了一些零花钱，虽然她与这件事没有任何关系。因此，我们不得不承认，多拉这回做得真的非常漂亮。

这就是这一章里的整个故事——火鸡事件。

又称为理查德的报复。（理查德就是狄克，因为狄克真正的名字就是理查德，爸爸也是叫他这个名字，狄克、狄基是大家对他的昵称）

8

艾伯特叔叔是一个非常聪明的人，他还会写书。之前我已经告诉过大家，他曾经和一位很好的女士逃到南方的海岸去了，他也决定非她不娶。当然，其中一部分是我们的错，虽然我们并没有那样做的意思，而且我们也为此深表歉意了。但是，后来我们觉得那样做其实还是不错的，如果让他一个人留下来的话，他会娶一个寡妇，或者是一个德国的老教师，或者是默德斯通姑妈（戴西和丹尼就有这样一个姑妈），那还不如让他娶现在这位幸运的女士好些。他们的婚礼在圣诞节之前举行，我们都去参加了。他们举行婚礼之后就去罗马度蜜月了。之前也说过，我们的小弟弟霍·奥当时也很想相随而行，躲在一个装衣服用的藤箱之中，但还没有到达目的地就露馅了，结果大家也就知道了，被抓回来了。

大家聊天的时候一般都喜欢说起自己喜欢的事情，我们也不例外，大家在一起时经常谈到艾伯特叔叔。

有一天，我们大家在一起玩游戏，这可是一个非常了不起的游戏，我们将屋子里所有的灯都关掉，然后开始玩捉迷藏。

这种游戏又称为"黑暗中的鬼",我们一般只能等爸爸和印度叔叔都出去了之后才开始玩。因为当有人在黑暗中给"鬼"抓住了之后,一定会发出尖厉的让人难受的声音。但是,姑娘们可不像我们那样喜欢玩这个游戏。即使她们不喜欢玩,她们也得参加,这样才算是公平的,因为平时我们为了让她们高兴,不止一次地和她们一起玩洋娃娃茶会游戏。

玩了一段时间之后,游戏结束了,于是我们就在公共休息室里的炉火前的壁炉地毯上休息,有点儿像狗累了喘气似的,霍·奥突然说:"我好想艾伯特叔叔在我们这里,他也非常喜欢玩这个游戏的啊。"奥斯瓦德却认为,艾伯特叔叔之所以和我们一起玩这个游戏,他主要是为了逗我们开心。不过,霍·奥的话也许是对的。

"我不知道艾伯特叔叔他们在罗马是不是也经常玩这种游戏,"霍·奥接着说道,"他给我们寄的明信片上好像有个什么场……我想你们应该知道,就是那种有圆拱的地方,我想他们应该可以在那里进行很多很好玩的游戏。"

"可是两个人玩游戏就没什么意思啊!"狄克说道。

"再说吧,"多拉插话道,"人家刚刚结婚,在新婚时应该会坐在阳台上欣赏月亮,或者相互看着对方的眼睛。"

"到了结婚度蜜月时,他们应该也知道他们彼此的眼睛是什么样子的了。"狄克说道。

"我相信他们现在一定是整天坐在那里写诗或者唱歌,至于他们的眼睛,我认为只有在他们想不出那种押韵的字词时才会看看对方的。"诺奥尔说。

"我可不相信他们会写诗，但我敢断定他们一定会相互朗诵在他们结婚时我们送给他们的诗集里的诗。"艾丽丝说。

"如果他们没有朗诵我们送给他们的诗就不懂得感激了，要知道那本诗集还是有烫金的。"霍·奥说。

"要说那些书嘛，"奥斯瓦德慢慢腾腾地说道，他可是第一回参加到我们的这个话题中来，"当然要感谢爸爸好心地为我们找到了这么好的礼物送给他们。不过说实话，有的时候我真的希望能有机会让我们自己挑选、用我们自己的钱给艾伯特叔叔送一件礼物。"

"我也希望能为他做点儿什么，"诺奥尔说道，"我觉得我可以为他杀死一条龙，而艾伯特夫人可以说是一位公主，这样我就能让他得到她。"

"这个想法不错，"狄克说，"可惜我们送给他们的只是一些无聊的书籍，不过现在再后悔也没有用了，一切都已经过去了。只要她还活着，艾伯特叔叔就不会再结婚了。"这话说得一点儿也没有错，因为妻子毕竟只有一个，我们也没办法再考虑送给他更合适的礼物来纪念结婚了。

就在我们大家兴奋地讨论之时，邮递员来了，于是我们大家一起跑了出去。在爸爸那许多乏味的信件当中，有一封信是写给"巴斯塔贝小朋友们"的，邮票是意大利的，那不是什么稀有的邮票，而是非常普通的邮票，邮戳上的地址是罗马。

"你们好，孩子们!"他在信的开头是这样写的，接下来他就告诉我们有关他所看到的东西了，但内容并不是那些乏味的绘画和陈旧的建筑，而是有关于一些好玩有趣的事情。我们从他信中描述每天所碰到的事情来看，觉得那些意大利人一定是非常的傻。奥斯瓦德实在很难相信，汽水标签上的意大利文被英国游客翻译出来居然是："真不相信汽水会像喷泉那样冒泡，还能喷出各种形状来。"在信的末尾是这样说的：

你们应该记得，就在我有幸步入圣坛前给《人民庆典》杂志写的《金色凤尾船》中的那一章吧？我是说故事结束在地道里的那一章，当时杰拉尔丁的头发垂下来，她人生中最后的希望破灭了，三名歹徒偷偷向她走了过去，他们内心有着威尼斯商人一般的狡诈，腰间则配着托莱多剑（那种特地从西班牙托莱多进口的剑）。你们应该还记得我当时是漫不经心写作的，我想我写作的时候一定在想别的事情，可我听到你们都在安慰着我，你们都说那一部分"棒极了"。我还清楚地记得奥斯瓦德的赞语——"棒得不能再棒了！"而且当你们听说我的那位编辑和你们的看法不一致时，我猜你们都要和我一起哭出来了。编辑写信来告诉我，说这一部分没有达到我平时的水平，他担心广大读者会挑剔之类的话语，而且他还希望我下一章能写得更加好等等之类的话语。让我们希望广大的读者与你们拥有相同的感受而与编辑的不一样吧。噢，希望读者能够和你们一样是富有鉴赏力的——你们可是非常可爱的评论家！此刻，艾伯特的新婶婶就依靠在我的肩上，而我则没办法令她改变这个让人分心的习惯。我应该怎么写下去呢？只好现在向你们大家致以问候了。

艾伯特叔叔和夫人

附言：她坚持要在信上署上她的名字，当然她没有亲自动笔，因为我还要教她拼音。附注：拼音当然指的是意大利语拼音。

"好，"奥斯瓦德叫道，"我现在终于明白了。"

事情总是这样，在其他人还没弄明白之时，奥斯瓦德就已经都明白了，即使别人说怎么也没明白事情的原委。

"怎么啦？你们还没弄明白！"奥斯瓦德耐心地向大家解释，"其实和别人生气是没有用的，因为那些人根本就没有你那样聪明——他们和大多数普通人一样。他有自己一生的追求，他需要实现自己的理想，对吧？所以我认为，他会得到自己想要的东西！"

"得到什么？"大家儿乎异口同声地问道。

"那就让我们来做吧。"奥斯瓦德说道。

"做什么呢？"这回大家有点儿不客气了，一起问道。

"做什么？这还不清楚吗？做他那些最有鉴赏力的读者啊！"敏锐而富有鉴赏力的奥斯瓦德已经说得那么明明白白了，可大家还是显得莫名其妙。

"我们现在做的事比杀死一条凶龙要有用得多，"奥斯瓦德接着说下去，"尤其是现在根本就没有凶龙，因此我们要做的就是送给艾伯特叔叔真正的结婚礼物——也是我们现在所能送给他们的最有价值的结婚礼物。"

但是其他五个人还是没有弄明白，于是他们就一起攻击奥斯瓦德，把他推得滚到桌子底下，然后骑在他的头上，要他把这番意思明白无误地表达出来。

"停下来，我说，我要告诉你们的是，如果你们高兴的话，那我就一个字一个字地说完。赶紧放开我，我——说!"当他和大家一起从桌子底下滚出来时，台布缠住了霍·奥的靴子，而且台布连同桌子上的书以及多拉的针线盒、一杯画画用的水也给拉了下来。

奥斯瓦德说道："让我们来当读者群体，我们可以一起给《人民庆典》的编辑写信，告诉他关于杰拉尔丁那一章我们是怎样的一种看法。多拉，把水擦干，它都流到了我坐着的地方下面来了。"

"你难道不认为，"多拉牺牲了她和艾丽丝的手帕在乖乖地擦着，这可不是常有的事情，她说，"六封信的署名都是巴斯塔贝，而且上面的地址都是同一个地方，这是不是太过……太过……"

"是不是太过集中了？不错，"艾丽丝接着说道，"当然，我们可以用不同的名字，并且写上不同的地址。"

"干脆干得再彻底点儿，"狄克接着说，"我们一个人可以寄去三四封不同的信。"

"而且我们可以从伦敦不同的地区寄，好极了，真的很好!"奥斯瓦德欢快地叫道。

"我也要给自己写一首诗。"诺奥尔说道。

"我们应该用不同的信纸写信，"奥斯瓦德说，"我们吃完茶点之后就马上出去买信纸。"

大家是这样讨论的，而我们也这样做了，但遗憾的是我们只买到了十五种不同的信纸和信封，虽然我们把村里的每一家店铺都跑遍了。

我们到第一家店的时候，对那店主说："请你给我们拿店里所有不同种类的信封信纸，一便士一个的，每种给我们一个。"店里的那位太太透过她那蓝边框眼镜看着我们问道："要这些信封信纸干什么用呢?"

霍·奥说："我们用来写匿名信。"

"写匿名信? 那可是完全不对的事情啊。"那位太太看着我们说道，并且她一张信纸也不愿意卖给我们。

于是我们就去别的店铺，而且我们也不再说买这些信纸信封来的用处了，于是他们就卖给了我们。信纸有蓝色的、黄色的、灰色的、白色的，还有紫色的，上面印有紫罗兰，也有粉红色的，上面印有玫瑰花。姑娘们则拿走了那种带花韵的，因为奥斯瓦德认为这种信纸没有男人味，只能给女孩子们用，你们也只好原谅她们用这种信纸了，而且她们喜欢这种东西，似乎也是很自然的事情。

我们写了十五封信，写的时候尽量用不同的字迹。当然，要做到这点很不容易。奥斯瓦德试着用左手写一封信，但简直都让人读不出来。当有人读到这封信的时候，他们肯定会怀疑这是疯人院里的疯子写的，写得可以说是乱七八糟的，于是奥斯瓦德就把那封信扔掉了。

诺奥尔写了一首诗，这首诗非常的长，开头是这么写的：

噢，杰拉尔丁！噢，杰拉尔丁！
你是最可爱的女英雄！
我从来没有读到过你这样神奇的女子，
让我忍不住要为你写一首诗。
你那双具有威尼斯人特质的眼睛，
大大的，看起来亮晶晶的，
如同你的头发一样显得乌黑剔透，
还有你的鼻子和下巴，
看起来是如此的完美无缺。

除了诺奥尔的诗，其他的信都是称赞《金色凤尾船》中关于地道下故事那一章的，说这一章写得多么的优美，我们喜欢这一章胜过该本书前面的任何一章，希望在接下来的每一章都能像这一章一样。后来我们发现霍·奥把这一章叫作《狗府地下》，但是已经来不及修改了，我们只能指望在那么多的书信中，这个小的错误不要被注意。我们去读《观察家》和《雅典娜神殿》这些旧刊物的书评，摘抄了一些别人关于书籍的评论的话语。于是，我们就在信中说作者写杰拉尔丁的那一章称得上"精美绝伦"、"是杰作"、"令人相信"，有一种"旧世界的魅力"，富有"泥土气息"，具有"强烈的现实主义"。并且在信中说这一章称得上是"情感细腻之花"，以及别的许多乱七八糟的话语。

等我们把这些信写好之后，我们就写上地址，并贴上邮票，封了信封，并且请不同的人分别去寄。我们家中有一个园丁住在格林尼治，还有一位则住在刘易沙姆，女仆们晚上出去时，如果去不同的比较偏远的地方，例如普莱斯托、格罗夫公园——则每个人拿一封信去邮寄。那位调钢琴的人则是更好——他住在海格特，而装电铃的人则住在兰贝恩。到最后，我们把那些信全都分头寄出去了，接下来的事情就是守着我们的信箱等待回音。我们等了一个礼拜，但还是音信全无。

各位也许以为我们都是一些大傻瓜，既然在信上署的都是假名，什么什么戴茜·多尔曼、埃弗拉德·圣莫尔、乔尔蒙德利·马奇班克斯爵士等等，地址也是假的，如查茨沃思府、沃姆皮特谷、邦加洛夫、伊顿广场。我们也不像你们想的那么傻，但是，亲爱的读者，我们也许还没有达到你们想象的那么聪明。因为我们用自己的信纸写了一封信（里面有《观察家》里那些话），顶上写上我们的真实地址，信封上有印度叔叔的纹章，信上还署了奥斯瓦德的真名，因此，我们等待的就是这封信的回音，到这里你们应该明白了吧？

可是这一封信始终也没有回音，在经过了三天漫长的等待之后，我们全都感到非常泄气。即使我们都明白我们为艾伯特叔叔做的好事有多重要，也无法在此刻让我们的内心变得更加好受一些。

第四天奥斯瓦德终于说话了，他说出了我们每个人的心里话，他说："这太不像话了，我主张写信去问那个编辑，为何不给读者回信。""要知道这一封信和别的信不一样的，应该要回复的。"

诺奥尔说："编辑为什么要回复呢？他知道即使他不回复你拿他也没办法。"

"那我们为何不可以直接去编辑部找他呢？我们可以当着他的面问他为什么啊？"霍·奥说，"如果我们全去了那里，盯住他看，他就无法做到置之不理了。"

"我觉得他应该是不会见你的。"多拉说道。

"过去有一个编辑见了我，要知道当时全是因为我那些美丽的诗，那会儿我还得了金印呢。"诺奥尔对我们说。

"对啊，"聪明的奥斯瓦德说，"虽然说你那时还小，但你是一个投稿人，可我们现在也是富有鉴赏力的读者，他应该会认为我们是大人。我是说，多拉，如果你穿上布莱克小姐的衣服，你看上去应该是一个二三十岁的女士。"

多拉看上去吓坏了，并且说最好还是不要让她去做这样的事情。

可艾丽丝却说："干脆让我来穿，我才不在乎呢。我和多拉身高差不多，不过我首先说明，我不会单独一个人去。因此，奥斯瓦德，你也要穿得老气点儿，然后和我一起去那里。要知道，为了艾伯特叔叔，这样做其实根本算不了什么。"

"你们知道，你们这样做艾伯特叔叔会非常高兴。"多拉说。她可能希望自己别老是干涉我们。反正现在已经是骑虎难下了（这是一个比较生动的比喻，意思是说我们现在只能破釜沉舟，好事做到底）。

于是我们决定在第二天开始行动，那天傍晚狄克和奥斯瓦德出去买了灰胡子和八字胡须，到目前为止，我们也只能想出这个办法了，把勇敢的奥斯瓦德那孩童般的脸蛋化装成大人模样，把他装扮成一个富有鉴赏力的读者。

与此同时，姑娘们则蹑手蹑脚地溜进管家布莱克小姐的房间，拿走了几样东西，其中就有布莱克小姐礼拜天专门戴的假发。我们的女仆简曾经说过，公爵夫人就戴过这个玩意儿。

那天夜里，我们非常秘密地进行了打扮，因为在试过那些东西之后，我们还得把布莱克小姐的东西先放回去。

多拉的主要任务是给艾丽丝做头发，她把艾丽丝那天生的头发卷起来，然后接上布莱克小姐的一条长辫子，盘在头顶上像个圆圆的面包，插上许多别针，再戴上假发，当这一切弄好之后，再戴上布莱克小姐礼拜天专门戴的那顶帽子，帽子看起来十分的醒目，上面有半只蓝色的小鸟。头发弄好之后，多拉让艾丽丝穿上好几条衬裙，罩上连衣裙，那些太宽大的地方则塞进几只长袜子和一些手帕，再在上面穿黑上衣并打上红色的领结，这样就完成了。大家看了之后，觉得艾丽丝这样应该可以的。

　　艾丽丝化好装之后，奥斯瓦德也走出房间去偷偷地化装。等他化好装之后，大家看着他戴着胡须，戴着爸爸的帽子时，大家并没有如同他所希望的那样称赞他，反而都哈哈大笑起来，真是乐不可支。于是他溜进布莱克小姐的房间去照那面长镜子，照了镜子之后他只好承认大家都大笑是对的，因为他这样的化装肯定是不行的。按照奥斯瓦德现在这个岁数，他的个子是长得够高的了，可那把胡子一戴上去就让他显得像个侏儒一样，再加上他的头发太短。其实连傻子都能看出来，他的那些胡须不是自然生长的，而是假的。

　　等到奥斯瓦德自己都忍俊不禁的时候，他也哈哈大笑起来，那样子让人看了真的觉得很可怕。虽然他在书里曾经读到过描述胡子摇来晃去的样子，但毕竟没有亲眼见过，此刻见了自己的形象，也是觉得可笑之极。

　　就在他照镜子的时候，姑娘们想出了一个新的主意。

　　奥斯瓦德还没有听姑娘们的新主意时，就觉得有一种不祥的预感，所以他过了好一阵才肯听她们的建议。大家提醒他，说这是为了艾伯特叔叔而做的高尚行为，他这才让姑娘们继续解释这个可怕的做法。

　　事情的原委是这样的，大家要求奥斯瓦德男扮女装，然后陪艾丽丝一起去见那个编辑。我想，没有一个男人愿意扮作女人的，这会伤害到奥斯瓦德的自尊心的，但最终他还是同意了这个建议。他很高兴他生来不是一个女孩，因为你也许真不知道穿裙子的味道，尤其是那种比较长的裙子。我猜想，那些太太小姐们一直以来都在忍受着那些悲惨的遭遇。因为上身部分似乎松紧得不是地方，奥斯瓦德的头也得受罪，因为他没有长头发可以把假发扎上去，即使布莱克小姐还有一副假发也不行，况且她没有了。可是姑娘们想起来了，她们曾经看到过一位女教师的头发也很短，和男孩一样的，于是她们就把一顶大帽子戴在了奥斯瓦德的头上，帽子上有松紧带，戴上去刚好合适，然后她们在他的脖子上围上了毛茸茸的围脖。此刻，奥斯瓦德看上去真的像一个小姐，我想他自己也压根儿没有想到。

但是，在第二天他们动身时还是需要鼓励一下，因为在白天，这一切看上去就会显得大不相同。

"记住了，那时可是尼斯戴尔走出塔楼，"艾丽丝说，"让我们想想这个伟大的目的吧，勇敢地行动吧。"她把围在奥斯瓦德脖子上的围脖扎好。"没问题的，我可是一个很勇敢的人，"奥斯瓦德说道，"只是我觉得这样感觉很别扭。"

"肯定是这样的啊，我自己都觉得很别扭，"艾丽丝也承认，"不过我这里有三便士的薄荷酒，专门用来给我们的行动鼓气的，我认为这也许就叫作酒后之勇吧。"

在这之前，我们和简打了个招呼，但我们出去的时候没有让布莱克小姐看到，其他人也是以他们的本来面目一起去的，唯一的区别就是我们要他们洗了手和脸。那时我们正好有点儿钱，因此也就让他们一起去了。

"你们要是去的话，"奥斯瓦德说道，"你们必须四个人前后左右地围住我们。"我们照办了，于是我们大家也就平平安安地到达了火车站。

然而到了火车上，有两位太太总是盯着我们看，一些做搬运的工人也到车窗旁边来转悠。我想，也许是奥斯瓦德在上车时他的那双靴子露了馅。他想向简借双女人的鞋子穿，可是最终还是忘了，他这会儿穿的可是他平时最大的一双鞋。此刻，奥斯瓦德的耳朵越来越烫了，他也越来越难控制住自己的脚和手，即使是薄荷酒都没能给他足够的勇气。

由于觉得耳朵太难受，出车站的时候奥斯瓦德同意叫一辆出租马车直接乘到大炮街去，我们因此也全都上车了。然而，就在奥斯瓦德将他的靴子踏上车的一瞬间，他看到那个马夫朝他眨了眨眼睛，而帮着开车门的搬运工也向那个马车夫眨了眨眼睛，我很抱歉地说，此刻的奥斯瓦德忘了他是一个高贵的小姐，因此他叫搬运工不要贼头贼脑的。就在这时候，旁边的几个路人也打算开玩笑，这点奥斯瓦德也很清楚，但没想到那些人此刻真是超级大傻瓜。

不过奥斯瓦德在此刻勇敢地按捺住了自己那耳朵发烫的警告，尽力使自己镇静了下来，于是我们就来到了大炮街。当我们找到了那位编辑的住处时，我们让狄克拿着我们事先写好的大卡片，让他先上去通报一声，说我们有急事来拜访。

而奥斯瓦德和艾丽丝则躲在马车上，直到狄克这个信使回来。

"好了，你们现在可以上去了，"狄克回来告诉他们两个，

"不过对我这么咧开嘴笑，你们最好小心一点儿。"

我们像兔子那样快速地穿过了人行道，然后跑上了编辑部的楼梯。

那位编辑对我们十分的客气，他首先请我们坐下，奥斯瓦德于是就坐了下来，不过他让自己的裙子给绊了一下，因为裙子落到了靴子下面。他得把它提起来，对这种意外情况他可是没有任何经验。

"我想我应该收到过你们的来信。"那位编辑说道。

艾丽丝的假发已经歪到她的右耳朵了，看上去非常的糟糕，但她听编辑说完之后，赶紧回答说："是的，我们今天来这里就是为了说这件事的。我们认为写总督的那一章是多么的好，是多么的富有创造性。"

其实这是我们一定要说的话，但是她也没必要就这样着急地脱口而出。奥斯瓦德被那裙子弄得有些着急了，他那个时刻什么话也说不出来。他那顶帽子的松紧带开始慢慢地朝脑后滑去，他知道，万一帽子滑过了脑后，就会像离弦的箭一样从他的头上飞起来，如果那样的话，这一切就全完了。

"是的，"那个编辑说道，"那一章看上去似乎非常成功——应该说是了不起的成功。我收到的信件也不少于十六封，全都是对它的称赞。"他看了看奥斯瓦德的靴子。唉，奥斯瓦德居然没想到用裙子遮住它们，现在他终于想到了。

"你知道，那真的是一个可爱的故事。"艾丽丝略带着惬意说道。

"看起来情况是这样的，"那位编辑接着说下去，"在那十六封信中，有十五封信的邮戳是黑荒原的，而且赞美这一章的似乎都是从这里来的。"

那种情景下，奥斯瓦德都不敢看艾丽丝，她那副样子使他失去了信心。他一下子全明白了，只有调钢琴和修电铃的人老老实实地完成了大家托他们做的事情，而其他人则把信就投在我们大门口的那个邮筒里。我觉得他们也许是想把信件尽快脱手，殊不知他们这样做只是图自己方便，真是太糟糕了。

我可以肯定地说，奥斯瓦德一定希望自己这会儿没有来到编辑部，因为那松紧带在移动，即使速度很慢很慢，但还是始终在移动。奥斯瓦德此刻真想让自己的后脑勺鼓起来，不让松紧带滑动，可他却什么也不能做，束手无策的样子。

"我很高兴在这里看到你们，"编辑还是慢腾腾地说道，他说话的语气真的让奥斯瓦德觉得有种猫捉老鼠的味道，"也许你们能告诉我，黑荒原难道有许多巫师吗？难道有许多未卜先知的人吗？"

"什么？"艾丽丝惊讶地说道，她此刻忘了自己这么说话不合礼仪。

"未卜先知的人。"他说。

"我想没有。"艾丽丝说。

那位编辑的眼睛闪闪发光，看着艾丽丝。

编辑的语速越来越慢了："我以为那里一定有许多未卜先知的人，否则总督府那一章还没有印出来，就已经被人读到并且得到称赞，这应该怎么解释呢？那一章到现在还没有印出来，它要到《人民庆典》五月号才能得到发表。可是在黑荒原呢，已经有十六个人欣赏它的精湛写法和它的现实主义特征等，这一点你是怎样看待的呢，戴茜·多尔曼小姐?"

"我是埃塞特鲁达夫人，"艾丽丝说道，"至少……噢，我不想再闹下去了。说实话，我们不是我们现在看上去的这个样子。"

"那可就奇怪了，一见面我就猜到了你们的面貌。"那位编辑说。

这时候奥斯瓦德头上那根松紧带终于滑落了下来，如同他自己最初想象的那样，帽子也从他头上飞起来。奥斯瓦德好不容易总算把帽子接住，没让它滑落在地上。

"再也掩盖不住了。"奥斯瓦德说道。

"到底还是露馅了，"编辑说，"我希望《金色凤尾船》的作者下一次选择他的工具时会更加小心些。"

"他没有选择我们，我们也不是他派来的！"艾丽丝叫喊道，她马上把整件事情完整地都告诉了编辑。

好了，我也不必再遮遮掩掩了，奥斯瓦德现在终于可以把手伸进他的裤子口袋——也不用在乎露出靴子了——他拿出艾伯特叔叔的来信。

艾丽丝此刻则十分的利索，编辑已经请她摘掉那顶有蓝鸟的帽子、假发以及辫子，好让他看到她的真实面貌。当编辑把这一切弄清楚之后，才知道艾伯特叔叔那桩受到威胁的婚姻大事，一定是结婚大事让他写昏了头，只顾着考虑自己未来的艰苦日子，对于这种做法，编辑也表现出了十分的宽容。

编辑哈哈大笑起来，一直笑到他们离开的时候。

最后，编辑还劝艾丽丝，要她回家之后不要再戴上假发和辫子了，艾丽丝接受了编辑的建议，不再戴假发和辫子。接着编辑对奥斯瓦德说道：

"你这样假扮戴茜·多尔曼小姐一定非常辛苦吧？也真够受罪的了。"

奥斯瓦德说："是的。"

编辑于是帮他把所有的女装都脱了下来，并且用牛皮纸包了起来。他还借给奥斯瓦德一顶鸭舌帽，让他戴着回家。

我从没见过一个笑得那么开心的人，在我心中，他是一个了不起的人。然而，无论过去了多少岁月，依然不能削弱那些存于奥斯瓦德心中的记忆，那种穿上裙子走路的感觉，直到最终脱掉它们，重新用自己的双腿走路是多么的棒。

最终，我们告别了那个编辑，每一个人的心情都是无比的舒畅。我想他一定给艾伯特叔叔写信了，并且把所发生的一切事情告诉了他，因为我们回去之后的第二个星期就收到了一封信，信上说：

我亲爱的小朋友们：

艺术爱好是不能勉强的，荣誉也是如此的。请答应我的请求，行吗？以后你们不要再费劲去为我吹嘘了——或者是代我的荣誉进行吹嘘。对那些编辑而言，可以进行劝导，但是无法强迫的。埃塞特鲁达·巴斯特勒夫人似乎使我们那位编辑的心中产生了对我的深深的怜悯。好了，所有的事情就到此为止吧。请允许我真诚地、爱心满满地再重复一次，这是我经常对你们年轻人的忠告：我不是不感谢你们，但我实在希望你们能只关心你们自己的事情。

"都是我的错，是因为我才露馅儿了，"艾丽丝说道，"如果这一次我们成功了，他就会功成名就，也就会承认一切全要多亏我们的努力，那样将是我们送给他的一件美丽的结婚礼物。"

也许，我们实际上做的只是让事情……然而本书的作者觉得，他已经说得够多了，没必要继续赘述下去。

9

　　在爸爸所认识的人中间，有一个叫作尤斯塔斯·桑德尔。虽然我不知道如何来表达桑德尔的内心世界，但我听爸爸说过，知道这个人很好，而且他只吃素，好像是一个什么社会团体的什么人物。他一直在竭尽所能地做好事，虽然那样做显得如此的乏味。但是我相信他是一个自愿吃面包喝牛奶的人，他也幻想着自己为他人做一切能做的事情，他曾经说他要尽自己的努力提高住在工人住宅区的人的文化水平，从而让他们生活得更好。因此，他在坎伯韦尔等地举办过音乐会，远近的助理牧师也来唱一些歌颂勇敢侠士的歌和诸如弓箭手之类的歌曲，另外也有人朗诵一些滑稽类的文章，他认为这样做对每一个人都有好处。"要让他们都看到美好的生活"，这也是他说的。奥斯瓦德用他那可靠的耳朵听到过他说这些话。不管怎样说，人们总是非常喜欢这些音乐会的，这毕竟是一件大好事，能让大家得到快乐。

　　有一天晚上，他来到了我们家，带了许多音乐会的票过来推销，爸爸于是给仆人们买了好几张。就在他推销门票的时候，多拉进去拿我们用来做风筝的胶水，桑德尔先生对多拉说道：

"你好，我的小姐，你难道不想星期四晚上也去欣赏我们的音乐会吗？你不想去共同提高我们那些穷苦兄弟姐妹的文化水平吗？"

可以想象，多拉肯定会说她非常想去，于是他就给多拉介绍他的音乐会，并把多拉称为"我的小乖乖"、"乖妞妞"之类的。如果是艾丽丝听到有人这么叫她那她肯定受不了，但多拉对这些不敏感，别人叫她什么她都不会往心里去，只要说的不是带有诬蔑性的话语，她认为"乖妞妞"等等绝对不是，可奥斯瓦德却认为是这样的。

这件事情让多拉非常的兴奋，对于多拉来说，这位陌生的客人激发了她内心的感情，她答应他去帮忙推销音乐会的门票。于是，接下来的那个星期她简直让人受不了，没想到她最后居然卖了九张票，主要是卖给刘易沙姆和新克罗斯的熟人。爸爸给我们也买了票，到了那天晚上，我们跟着布莱克小姐一路上乘坐火车和电车，一起来到坎伯韦尔，如果不跟她一起去的话就不让我们去。

当我们在火车上的时候，大家十分的开心，可是当我们下火车之后，在路上行走时，我们才觉得十分荒凉。因为坎伯韦尔是一个偏僻的地区，这里让人想到了被穿堂风呼呼吹着的摇摇欲坠的顶楼，或者那种悲惨的地下室，那里有着被遗弃的孩子，这些孩子缺少照看，是靠典当他们亲人的衣物而存活下来，可以说是一种奇迹。这是一个潮湿的夜晚，我们一群人走在泥泞的道路上，突然，艾丽丝踢到了人行道上的什么东西，发出了叮当的声音，于是她把那东西捡起来了，原来是用报纸包着的五个先令。

"虽然只有五个先令，但这点儿钱财说不定是什么人的全部财产，"艾丽丝说道，"也许他们正在想着要快乐地把它花掉，没想到却弄掉在这里，我们应该把它交给警察。"

但是布莱克小姐说不要，那样做的话我们就来不及了，于是我们就只好离开了那里。辛苦了艾丽丝，在整个音乐会上，她一直把这被报纸包着的钱捏在自己的手里。关于音乐会的事情我就不对大家多说什么了，只能说音乐会给人带来了许多欢乐——你们真的应该在自己还小的时候去听听这种由个人自己筹办的音乐会。

音乐会结束之后，我们耐心地劝说布莱克小姐带我们走进舞台旁边的一扇淡蓝色的门里，找到了桑德尔先生。我们认为他可能听说谁丢了钱，能把那些钱还给那个伤心的家庭。此刻，他正忙得不可开交，但在听完我们的叙述之后，最终还是把钱接了过去，说有什么事他会告诉我们的。他说完之后，我们就开开心心地回家去了，一路上唱着一个主教儿子在音乐会上唱的滑稽小曲儿，压根儿没想到我们居然把什么给带回了家。

意外在几天或者说是一个星期以后出现了，我们全都变得十分暴躁。艾丽丝的身体一向好得不能再好了，但这回她在我们当中却是状况最糟糕的，你一说她什么，她立马就开始哭起来了。我们全都得了重感冒，搞得我们的手帕都不够用，接下来就是头开始痛。我记得奥斯瓦德的头在那时特别的烫，他只想让自己的头靠在椅背上或者桌子上，或者任何可以靠的地方。

不过我们就没有必要在这里进行痛苦的叙述了，说明白了就是我们从坎伯韦尔回来之后带上的居然是麻疹。大人们一发现我们染上了这种可怕的毛病，于是就给我们进行了细致的治疗，并且要求我们在未来很长的一段时间里不能去探任何险了。

当然，等到我们大家的病情都开始好转了，我们就有葡萄吃了，还有那些不是每天都能吃到的好东西。不过一想到我们躺在床上又是吸鼻子的又是发烧的，脸红得像龙虾的颜色，我们不知不觉就认为，这次听音乐会的代价也确实是太大了。

就在我们躺在床上的那天，桑德尔先生来看我爸爸了。他来告诉我爸爸，说他已经找到了那五先令的失主了，是一对父母为害了麻疹的孩子付给医生的钱。如果当时我们马上把那些钱交给警察，艾丽丝就不用在听音乐会的整个晚上都拿着它。不过我们也没有责怪布莱克小姐的意思，她是一个非常好的护士，在我们养病恢复的期间，她除了要照顾我们之外，还要不知疲倦地读一些故事给我们听。

我们这些害过倒霉病的不幸的孩子最后被送到海滨去，爸爸不能亲自照顾我们，因此我们要搬到桑德尔先生的一个妹妹那里去住。桑德尔先生的妹妹很像他，只是比起桑德尔先生来，在各个方面更进了一步。

我们的旅途非常的愉快。爸爸在大炮街和我们挥手告别，而我们一群人则乘坐马车一路来到了目的地。当我们经过那个奥斯瓦德怎么也不愿在那儿当搬运工的车站时，有些显得没有礼貌的孩子把自己的头伸出车窗，大声对那些搬运工叫道："谁是傻瓜？"搬运工听了之后只好回叫道："我是！"因为这个车站的名字叫"窝什"。搬运工只能这么报站名，这就让人可以开这种恶毒的玩笑。当我们出了隧道之后，我们从草原上一路看下去，看到了一条一望无际的灰蓝色的线，那就是大海。我想这真是一个了不起的时刻。自从妈妈去世之后，我们就再也没有机会去看大海。我相信我们这些大一点儿的孩子都会想到这些事情，因此我们都非常的安静。我是一个不愿忘记往事的人，但是当你想起什么事情的时候，你总会感觉到一种空虚，甚至觉得自己的头脑一片空白。

经过了这里的火车站之后，我们的马车又走了很长的一段路，经过了一些树篱，树篱下长有樱草，还有许多的犬堇菜。最后，我们终于来到了桑德尔小姐的家，在她的家后面是一个古老的大风磨坊。但它再也不是用来磨麦子的了，现在成了渔民堆放渔网的地方。

桑德尔小姐走出绿色的院子来迎接我们，她穿着一件柔软的褐色连衣裙，脖子看起来是细长的，头发也是褐色的，在头顶上紧紧地束起来。她见到我们就说道："欢迎你们大家的到来!"她的声音听起来很温和,我听完之后觉得她太像桑德尔先生了。在她的带领下,我们一起参观了她们家的起居室和我们睡觉的房间,然后她就和我们告别,并嘱咐我们一定要洗手洗脸。一听说要我们单独留下,我们大家马上就一致同意了,于是就打开了我们所居住房间的门,像美国大河道激流那样冲到楼梯口相会去了。

"怎么样啊?"奥斯瓦德说,其他人也异口同声地说着。"房间简陋,给人的感觉怪怪的!"狄克说。"像个工场或者医院。"多拉说,"我想我会喜欢它的。""它让我想到了秃顶先生,"霍·奥说道,"只是给人的感觉太空荡荡了。"

这里的一切是显得空空荡荡的,所有的墙都刷着白灰。就连家具也是白色的,虽然家具有点儿少。屋子里没有地毯,只有白地席。没有一个房间里放着一点儿装饰品!餐厅的壁炉上有一个时钟,但还是不能算是装饰品,不过因为它能派上用场。总共只有六幅画,而且都是棕色的。一幅画上画着的是一个瞎女孩坐在一个橘子上,拿着一把破提琴,标题为《希望》。

等我们洗好手和脸之后,桑德尔小姐过来请我们去吃茶点,当我们坐下来时,她说:

"我们这个小家的格言就是:生活俭朴、思想崇高!"

我们听她这么一说,就有人开始担心这话里的意思是我们将来会吃不饱。幸亏后来的事实告诉我们不是这样的,食物很多,不过全是奶品、面包、水果或者蔬菜之类的食物。但我们的适应能力还是很强,没过多久我们就习惯了,逐渐地变得喜欢这些食物，没有任何问题。

那天桑德尔小姐的心情很好，吃完茶点还要读书讲故事给我们听，我们实在是没办法，相互看了看，只好说我们非常喜欢这些故事。

最后还是奥斯瓦德鼓起了他那男子汉的勇气，很有礼貌地说："你不介意我们先出去看看外面的大海吧？因为……"她说："一点儿也不介意，大自然是亲爱的老保姆，她把人放到她的膝盖上。"说完之后，她就让我们出去了。

我们接着就向她问清了去大海的路，并且按照她指点的路走，穿过了村子，我们最后来到了海堤岸上，然后快活地跳到下面的沙滩上去了。

在这里，我也不打算描写那些惊涛骇浪来烦恼读者们了，因为这些东西即使你们没有亲眼见过，我想你们也一定在其他的刊物上读到过，我只想讲述一件大家没有注意到的事情——那就是海鸥吃蛤蜊、牡蛎、乌蛤，是用嘴夹破壳吃的，这可是我亲眼看到的事情。在沙滩上，我们还可以挖沙来做城堡（如果我们有一把铲子的话就马上可以那样做），在城堡里待到潮水把你冲了出来为止。

当我们亲临大海，看到大海和沙子时，我们一点儿也没有想到桑德尔小姐所说过的思想要怎样崇高以及她要用怎样的崇高思想来看待完美，或者要求我们怎样过俭朴的生活，我们在乎的只是能否到海水里去。

然而，当时正好是年中，这个时候可不大适合到水里去，而且在一天当中，这个时间又显得太晚了，因此我们不能游泳洗澡。我们唯一可以做的就是在水里噼里啪啦地踏来踏去，但如果这样做的话就难免在接下来的过程中要把身上的衣服都换掉。等到天色逐渐黑下来时，我们只好回到那幢白色房子里去，因为要吃晚饭了。也就在此刻，我们才发现，桑德尔小姐家里没有仆人，于是我们自然要主动帮忙洗碗洗那些碟子。没想到霍·奥反而帮了个倒忙，他打破了两个盘子。

在桑德尔小姐家里住了一个星期，几天下来，我们和那里许多人都认识了，包括海岸警卫队的队员以及村里许多其他人。说实话，我真是喜欢那些警卫队员，如果你想什么，他们似乎都知道。桑德尔小姐也经常念诗集给我们听，并且讲一个叫索罗的人，说他能够给海里的鱼挠痒痒，那些鱼儿也非常喜欢，于是让他挠痒痒。桑德尔小姐人很好，只是她这个人有点儿像她的房子一样——至少我感觉她的内心是空空的。很多时候她非常非常的安静，而且她说人们如果经常发脾气的话，就降低了自己生活的境界。不过，在一天她接到一个电报时也变得一点儿也不安静了，她变得和其他人一样，仅仅只是因为霍·奥在她付回电报费时挡了她的道，于是她就狠狠地把霍·奥推了一下。

也就在她付回电报费时，她对多拉说——说话的时候她的脸色苍白，眼睛也因为着急而变成了红色的——"亲爱的，简直太可怕了！我那个可怜的哥哥啊，他居然摔伤了！现在，我必须马上赶到他那里去。"于是，她请奥斯瓦德到"古船旅店"

去叫马车，并请姑娘们去问问比尔太太，看她能不能在她离开时过来照顾我们。没过多久，桑德尔小姐与我们大家拥抱、亲吻我们，然后很伤心地离开了我们。我们也是到后来才知道，那位让人尊敬的可怜的桑德尔先生亲自爬上脚手架，要给一个工人一张关于戒酒的传单，但他不知道自己应该站在脚手架上合适的位置（这个站立位置那些工人们当然知道），结果把好几块木板连同那个工人也一起带了下来，如果不是刚好有一辆垃圾车经过下面，恐怕他们连性命都很难保住。桑德尔先生摔伤了自己的手臂和头部，而那个工人很幸运，居然没有受伤，尽管如此，那个工人则是非常的生气，因为他根本就不喝酒的。

　　桑德尔小姐走了之后，比尔太太来了，她来了之后做的第一件事情就是买来一只羊腿，并把羊腿烧好。自从来到桑德尔小姐这里，我们还是第一次吃肉。

　　"我想她是买不起肉店里的那些好肉，"比尔太太说道，"不过我觉得，你们的爸爸肯定会给你们付账的。我敢打赌，你们的爸爸肯定会喜欢你们吃得饱饱的样子，更会喜欢你们吃得胖胖的样子。"她这样说了，然后还做了猪肉馅布丁，简直是太好吃了。

　　每天吃过午饭之后，我们就坐在海堤上，比起前些天来，现在这样坐在海堤上更像是饭后的休息。多拉说："可怜的桑德尔小姐！我真没有想到她生活得那么艰苦，我希望我们以后能做点儿什么事情能对她有所帮助。"

"我们也许可以到大街上去卖唱。"诺奥尔说道。不过看来这个建议似乎行不通，因为我们住的这个村子里只有一条街道，而且这里的居民也没什么钱，我们也不好向他们讨什么了。周围都是一些田野，田野里只有羊，它们除了羊毛外，什么也不能给我们，即使要羊毛我们也从来不会向那些羊来讨。多拉想，我们也许可以请爸爸给桑德尔小姐一些钱，可是奥斯瓦德知道这是行不通的。

忽然有人想出了一个主意——至于出主意的人是谁我就不说出来了——这个人说道："桑德尔小姐其实应该可以出租这里的房子，像林教堂这里所有的人那样。"

故事也就从这里开始，接下来要讲述的就是与租房子所发生的事情有关了。

最后——也就是在这天——我们拿来纸板盒盖，用手头有的不同颜色的粉笔在纸板盒盖上写上两行字：

有房出租

入内面议

我们算好了尺寸并把这八个字写了上去，写的时候可是工工整整的，非常的整齐。我们上床之前，把这个牌子用胶水纸粘贴在卧室的窗外。

第二天早晨，当奥斯瓦德起来后拉起百叶窗帘的时候，看到有一大群孩子在看牌子。比尔太太则走了出去，把那些孩子像赶鸡一样，嘘嘘地赶走了。我们根本就用不着比尔太太向人家解释那个牌子的事情，不过她也是一句话都没有说。说实话，我从来没见过哪一个女人能做到像比尔太太一样，不爱管别人的闲事。后来她才对我们说，她以为是桑德尔小姐让我们把这块租房子的牌子贴出去的。

可是，过去了两三天之后，依旧没有任何动静，我们只收到桑德尔小姐的一封信，她告诉我们那可怜的桑德尔先生怎样地呻吟，后来又收到了爸爸的来信，他叫我们不要吵架，要学会乖巧一点儿。那些赶车的人经过那块牌子的时候，他们一看到这牌子就会大笑起来。终于有一天，外面来了一辆马车，车上是一位绅士，他看到我们的牌子上的粉笔字写得像彩虹那么美丽，于是下车沿着小径向我们走来。他看起来脸色苍白，头发雪亮，眼睛则是闪亮闪亮的，一眨一眨的像鸟儿的眼睛一样，他身上穿着很新的花呢西装，不过不合他的身材。

多拉和艾丽丝都还没等他敲门就去把门打开，我有理由相信，她们的心此刻一定在怦怦地直跳。

"要多少钱？"那位先生用简短的话语问道。

艾丽丝和多拉一时惊呆了，几乎都说不出话来："呃……呃……"

"怎么都行。"那位先生马上接着说。

这时，奥斯瓦德客气地上前说道："请进到屋子里来说，好吗？"

"很好。"他说着就直接来到屋子里了。

我们带着他走进了餐厅，然后让他在那里先等一会儿，因为我们要在门外进行一下紧急商量。

"这得看他要租几个房间。"多拉说道。

"让我们和他先谈谈一个房间的租金，"狄克说，"如果他要比尔太太照顾的话，则要另外加钱。"

经过大家的综合考虑，觉得一个房间也就一英镑比较合适。

当我们商量好价钱之后，我们大家重新回到了房间里，那位先生坐在那里等待着我们。

"请问你总共要租几个房间?"奥斯瓦德问他。"全都要，你们有几个空房间我就租几个。"那位先生说道。

"价钱是这样的，一个房间需要支付一英镑，"奥斯瓦德说，"如果你还需要比尔太太照料的话则要另外加钱。"

"总共需要多少钱?"那位先生问道。

奥斯瓦德想了一会儿，说："九个房间是九英镑，需要比尔太太照料则是一星期两英镑，因为她是一个寡妇。"

"没问题，房间我就租下来了，就这么说定了!"那位先生说，"我去把我的手提箱拿进来。"

他说完之后就站起来走了出去，直奔他的马车，一直等到他走了很远，艾丽丝才说道："他把所有的房间租了，那我们晚上睡到哪里去啊?"

"他一定是一个富得流油的人，"霍·奥说，"他竟然要了这里所有的房间。"

"不管他怎么富有，总之他一次只能睡一个房间，对吧？"狄克说道，"我们可以等他晚上睡了以后，睡到他没有睡的房间里去。"到底还是奥斯瓦德富有远见，他知道那个人在付了房租以后，房间就归他使用了。

"他总不会睡厨房吧，"多拉说，"我们可以睡在那里啊！"我们都说不愿意睡到厨房里去，因为那里实在是不舒服。

艾丽丝忽然说："我想起来了，那里有一个磨坊，磨坊里堆放着一堆一堆的渔网，我们可以等到晚上比尔太太走了以后，学着像印第安人那样各自拿一条毯子到那里去睡，等到第二天早晨她回来之前我们也就回来了。"

这似乎是一件光明正大的事情，也征得了我们大家的一致同意，只有多拉有点儿不大乐意，她认为那里的穿堂风可能会很大。当然，我们还是立即采取行动，一起来到磨坊准备落实我们的计划，打算在那里过夜。

这间磨坊除了底层之外，一共有三层，第一层是空空的，第二层放着的则几乎都是磨盘和机器，再上面一层是堆放麦子的地方，这样方便麦子落到磨盘里去。我们安排姑娘们睡在第一层，那里有一堆渔网，而我们则挤在第二层的磨盘上。

我们刚把六条毯子用装衣服的篮子藏着偷偷从屋子里拿到了磨坊，就听到了车轮声，那位先生回来了，他只拿回来一个手提箱，而且是那种很小的。

我们到达屋子的时候，比尔太太也正在门口接待那位先生，因为我们事先也告诉了她，说这位先生在这里租了房间。

不过我们没有对比尔太太说明他租了多少房间，害怕她问起我们晚上睡到哪里去。我们一直相信，没有哪个大人会高兴我们这些孩子睡在磨坊里的，不管我们做的事情有多么的高尚，为了给桑德尔小姐挣钱而做出了巨大的自我牺牲。

那位先生到了中午吃饭的时候说要吃羊头和羊腿肉，当他知道是没有办法能吃上的时候，于是说道："那就来些熏肉和菠菜吧！"

可是村里并没有菠菜，因此他也只好退而求其次，吃一些鸡蛋和熏肉。比尔太太于是就烧菜，直到等他吃完了，她把碗和碟子都洗刷好了，然后也就走了，于是只剩下我们了。我们听到那位先生一个人在唱歌，歌词大致是说他希望做一只鸟，飞到某个人那里去之类的。接下来我们就去弄了一盏夜晚上街用的手提灯，悄悄地溜到磨坊里去，磨坊里一片黑暗，比我们想象的要黑得多。

于是我们决定晚上都穿着衣服睡觉，这样一是为了保暖，二是可以防止晚上突然有事，或者渔民在半夜里来拿渔网可以醒过来躲起来，或者碰到涨潮，因为这种事情在这里经常发生。

我们还决定把那盏灯放在姑娘们那里，而我们则拿着狄克留下的蜡烛头来到第二层。唉，要想在磨盘和那些机器之间睡得舒服一些，可真不是一件容易的事情。因此，当我们后来听到下面多拉那发抖的叫声时，奥斯瓦德并不为此感到抱歉。

"奥斯瓦德！狄克！"多拉叫道。"我想你们当中的哪一个下来一下，行不？"

奥斯瓦德虽然心里很不舒服，但还是飞快地爬起来跑下去帮他姐姐的忙。

"我只是在心里觉得不踏实，"她悄悄地对奥斯瓦德说，"我不想大声喊叫，那样会惊醒了诺奥尔和霍·奥，但最后我还是忍不住地认为，万一黑暗中有什么东西向我们跑过来的话，那我就死定了。难道你们就不能都下来吗？睡在这些渔网上面还是蛮舒服的，我真的希望你们几个都能下来。"

艾丽丝则认为，她虽然不害怕别的，但担心这里会有老鼠，据说旧房子里的老鼠比较多，特别是这种磨坊。

于是我们答应下来睡在渔网上，并告诉诺奥尔和霍·奥，说睡在下面比睡在上面要更加安全，而且在渔网中比在机器上过夜要更加舒服。在我们睡觉的那个地方的另一头，那些破椅子、刨子、篮子、铲子、锄头和船杆堆里不时地传来窸窸窣窣的声音，不过在狄克和奥斯瓦德看来，那不过是风声而已，或者是乌鸦在筑巢时发出的声音。当然，我们知道，乌鸦夜里是从来不筑巢的。

说实话，睡在磨坊里根本就没有我们原来想象的那么好玩，在这里我就只举一个例子吧。这里没有枕头，这是非常糟糕的，因为渔网太硬了，不能好好地拉到自己的身上。除非你是一个印第安人，否则你怎么知道如何用毯子去抵挡那些穿堂风。等到我们把灯熄掉之后，奥斯瓦德不止一次觉得黑暗里有地蜈蚣和蜘蛛在他的脸上爬动，可是等他点燃火柴一看，却什么也没有发现。

晚上的空磨坊里确实总是发出叽叽嘎嘎、窸窸窣窣的声响，而且有时候会很奇怪地抖动。虽然奥斯瓦德不害怕这些，不过他还是觉得睡在厨房里比睡在这里要好。其实那位先生晚上睡觉了之后肯定不会用厨房的，你们知道，当时我们以为他和别人一样会通宵睡觉的。

尽管总是有声响发出来，但最终我们还是睡着了，而姑娘们则在夜里越来越往她们那些勇敢的兄弟们身边靠。于是，到了第二天早晨，当太阳"透过年久失修的房子的缝隙，投进一缕缕满是灰尘的光芒"，光线把我们刺得醒过来时，我们发现大家都已经紧紧地睡成了一团，简直就像一窝小狗。

"噢，我都已经冻僵了！"艾丽丝伸着懒腰说道，"我从来没有像这样穿着衣服睡过，这样让我觉得自己的衣服好像给浆洗过烫过似的，有点儿像男孩子的衣领一样。"我们大家都有这种感觉，大家满脸倦容，浑身僵硬，感觉怪怪的。不过我倒也无所谓，只要不是真的有蜘蛛在我们身上或者脸上爬过，我就放心了。因为我一直相信古希腊人的看法，他们认为蜘蛛是有毒的，也许它们的毒液毒过人。

"我觉得睡在磨坊还是不行，"当我们把霍·奥叫醒时，他说道，"睡在这里我们连洗脸都不行，也不能梳头发什么的。"

"你可不是一直那么关心自己的头发的啊。"狄克说道。

"不要这样招人烦。"多拉说他。狄克毫不示弱地说道："你自己才是真的招人烦呢！"

现在一定是穿着衣服睡觉让人很不舒服，所以说话也就没有平时那样客气了。我现在也就明白了为什么那些流浪汉总是给人一种很凶的感觉，而且会在偏僻的路上打人踢人。奥斯瓦德此刻也许知道，因为他这时就有这样的一种感觉，只要有人稍微招惹一下他，他也许就会踢人，幸亏此时没有人招惹他。

曾经有这样一幅画，叫作《无望的黎明》，我们现在的感觉就像是那幅画一样，总是感觉什么都不对头。

我们现在感觉就是一群手和脸都已经肮脏得不能再脏的可怜的孩子，没想到现在会脏成这样。那些没有在磨坊里睡过或者没有见过人在磨坊里睡过觉的人是怎么也不会相信眼前这一切的。他们最后慢慢地走过磨坊和白房子之间的那块湿漉漉的绿草地。

"从此以后我再也不会在自己所写的诗中出现朝露了，"诺奥尔说，"它一点儿也不像人们所说的那样富有诗意，如今给我的感觉就是如同冰一样冷，直冷透了我的靴子。"

等我们来到桑德尔小姐称作浴室的铺了砖石的厨房后，我们终于好好地把脸洗干净了，我们因此也觉得好了很多。艾丽丝生火烧了一壶水，然后我们喝了一点儿茶，并且还吃了鸡蛋。做了这些，我们看了看钟，发现时间才五点半。于是我们在比尔太太到来之前，来到了房子的另一边。

"我们所希望过的高尚生活并不是这么糟糕的。"走在走廊上时狄克说道。

"高尚生活在最初开始的时候总是苦的，"艾丽丝说，"我想这就如同穿新靴子一样，一开始总是不舒服，但习惯了就喜爱穿了。现在让我们到每扇房门外去听听吧，看看那位先生睡在哪个房间。"

我们在所有卧室的房门外都听过了，但是一点儿呼噜声也没有听到。"也许他是一个小偷，"霍·奥说，"他假装来租我们的房子，然后把这里所有值钱的东西洗劫一空。"

"这里根本就没有值钱的东西。"诺奥尔说。当然，他这句话一点儿也不假，桑德尔小姐这里除了一枚白银别针之外，什么金银珠宝都没有，连茶匙都是木头做的，以致很难洗干净，甚至需要刮才能弄干净。

"也许他睡觉的时候不打呼噜，"奥斯瓦德说，"这个世界上有的人就是这样的。"

"老绅士可不是这样的，"诺奥尔说，"大家想想我们家的印度叔叔吧——他打呼噜的时候，霍·奥起先还以为是家里来了只狗熊呢。"

"也许他起得比较早，"艾丽丝说，"说不定这个时候他正在奇怪，早饭为什么还没有弄好呢?"

于是我们来到了起居室门外偷听，透过客厅的锁孔，我们听到了有人走动的声音，然后又听到有人在吹《但愿我是一只小小鸟》这首歌的口哨声。于是我们决定来到餐厅里坐一会儿。但当我们一打开房门时，几乎被堆在地席上的一堆东西绊倒，但是大家都没有叫出声来——甚至连"哎呀"的声音都没有发出来，尽管这是我们大家都想叫的。

曾经在别的书籍上读到过，有的人有时候几乎不大相信自己的眼睛，而我一直认为这种观点是不可能的，可如今出现在眼前的景象，我也不敢说自己到底是不是在做梦，那位先生的出现以及我们在磨坊过的夜都是真实的。

　　"把窗帘拉开。"艾丽丝说道，我们也就按照她说的那样做了，我现在要做的就是让读者在接下来能和我们一样大吃一惊。

　　还记得上次我们看这个房间的时候，墙壁上是光秃秃的，而且是白色的。可是如今呢？墙壁上已经布满了最出色的画，而且全是用彩色粉笔画出来的——我想要说明的是那些画不是像我们用粉笔画画那样把各种颜色混合着画出来，而是每幅画都是单一的颜色。一幅画是绿色的，一幅画是棕色的，一幅画是红色的，以此类推，粉笔也一定是发亮的，而且那些粉笔很粗，粗到我们之前从来没有见过那么大的，因为画中的有些线不止一英寸粗。"多么美丽啊！"艾丽丝说，"他一定是彻夜没有睡觉地在画这些画。他真好，我觉得他也是想要生活得很高尚——即使是偷偷地这样过，也要把时间花在美化他人的房子上面。"

　　"如果房间里已经有了棕色玫瑰花图案，像比尔太太家那样，我真不知道他还会怎么干呢？"诺奥尔说，"我说，你们看看那天使吧！难道不觉得那是富有诗意的吗？我看到这幅画就有了想写一首诗的冲动。"

　　这确实是一个善良的天使——画是用灰色的粉笔画的——翅膀很大，都横过了房间，而且怀里还抱着一大把百合花。房间里还画着海鸥、乌鸦、蝴蝶以及一些长着翅膀的跳舞少女和一个扎着假翅膀的男人，当然可以清楚地看到，这个男人正打算跳下悬崖。除此之外，还有仙女、蝙蝠、飞狐以及飞鱼等。其中有一匹用红粉笔画的漂亮的飞马——它的翅膀从房间的这一边延伸到另一边，和天使的翅膀交叉。另外还有几十只鸟——都是只用几根线条画出来的，真的像极了。从那位先生的画中，你是绝对不会看不出来到底是什么东西，但是，无论画出来的东西是什么，全都有翅膀。奥斯瓦德多么希望这些画能出现在他的家里啊！

我们正站在那里欣赏着这些画，另一个房间的门打开了，那位先生此刻就站在我们的面前，他的身上全是五颜六色的粉笔痕迹，真想不到他会有那么多颜色的粉笔，尽管看到那些画的颜色真的够多的。那位先生手里拿着一件像用铁丝缠着和纸糊的东西，看着我们问道："你们想飞吗?"

"想。"我们几个人异口同声地回答。

"那好，"他说，"我这里有一架飞机，我要把它安装到你们中间的哪一个人身上，然后这个人就从顶楼的窗子跳下去，你们也许还真不知道飞是怎样的一种感觉。"那位先生说道，"但我知道你们此刻的真实想法，我的孩子们——我不能让你们表现得那么愚蠢，当眼前出现一个千载难逢的机会时却把它放弃了。"

我们大家面面相觑，但还是说道："不了，多谢啦!"说完之后，我们感觉有点儿不妙，因为这位先生的眼睛在此刻开始骨碌碌地乱转。"那我就不客气了，一定要逼着你们尝尝飞翔的味道了!"他说话的一瞬间就抓住了奥斯瓦德。

"你不能这样做。"狄克叫喊着并去拉那位绅士的手臂。

这时候多拉则一本正经的、用很慢很慢的语气说起话来,她满脸苍白:"我想飞翔一定很好玩,你能让我先看看吗?这飞机张开来是什么样子?"

那位先生放开了奥斯瓦德,当他要张开那飞机的时候,多拉没有说话,只是朝我们撇撇嘴,做出"快走!快走!"的神情。我们见状,马上撒腿就跑,奥斯瓦德则拖到最后,拉着多拉一下子蹿出房间,关上房门,并把它反锁起来。

"赶紧到磨坊那里去!"多拉叫道,我们于是发疯似的跑进磨坊,然后闩上大门,跑到第一层,站在那里朝窗子外面看,也好警告等会儿要来的比尔太太。

我们这时拍拍多拉的背,狄克则称呼她为福尔摩斯侦探小姐,诺奥尔则说她是一位女英雄。

"这不算什么,"多拉在自己还没哭出来之前说道,"我只记得以前在书里读到过,碰到危险的时候,先假装跟他们聊天,然后再设法逃走。因为我一见到他那样,就觉得他是一个疯子,噢,不知道会发生多么可怕的事情啊!他也许会逼迫我们从顶楼的窗口跳下去,那样就没有一个人能留下来回去告诉爸爸了,噢!噢!"说完之后她就哭了起来。

可此刻无论怎样,我们都为多拉感到自豪,我为自己过去取笑过她深表歉意,不过话又说回来,要不取笑她真的很难。

我们在磨坊里决定给第一个经过的人发出信号,我们说服了艾丽丝，让她把她的法兰绒红裙子脱下来做信号。

首先过来的是一辆轻便马车，车上有两个人，我们向他们挥动着红裙子，他们看到之后停了下来。其中的一个下车后来到了磨坊前。于是我们把刚才发生的事告诉了他，说那个疯子要我们从窗子上跳下去。

"很好！"那个人叫了一下那个还在车上的人，"终于找到他了。"另一个人于是把马拴在了栅门上，然后走了过来，另一个则朝房子那边走去。

"各位小姐少爷们，都下来吧，"第二个人听了大家的话以后说道，"他像一只羊羔那么温柔，他也从来没有想到从顶楼的窗子上跳下去会把人摔伤。在他看来，从窗子上往下跳是真正的飞。他看到医生时就像个天使一样。"于是我们就问他，那个住在桑德尔小姐家的人以前有没有发疯过，因为我们都以为他可能疯掉了。

"毫无疑问，他一直都是处于疯癫状态中！"那个人回答道，"自从他和他的一个朋友上了一架飞机，并从飞机上摔了下来之后，他就从来没有好过。要知道他以前可是一个画家，称得上是一个出色的画家。可如今他只会画有翅膀的东西，并且不时地要人飞，有的时候对方可能是完全陌生的人，就像你们这样的陌生人。我们一直跟着他，伺候他，和他在一起，他的那些画我们都非常喜欢，真是位可怜的先生。"

"那他是怎么跑掉的啊？"艾丽丝问道。

"小姐，我们这位可怜的先生的哥哥受了伤，西德尼先生

——也就是住在里面的这位先生——似乎十分伤心，他趴在自己受伤的哥哥的身体上，我们看着就觉得很可怜。但我们没想到的是，他其实是在掏他哥哥口袋里的现金，所以当我们忙着抢救尤斯塔斯先生的时候，西德尼先生则收拾好他的手提箱，从后门悄悄地溜走了。我们始终没有找到他，于是我们就请来了贝克医生，但等他来到时已经太晚了，因为当天已经来不及赶到这里。贝克医生说他可能会回到他童年的家，看来医生的猜测没有错。"

最后，我们全都从磨坊里走了出来，并一起回到了桑德尔小姐的屋子里，最后把那位文质彬彬的先生送走了，一直送到院子外面的大门那里，看着他上车，他显得非常的温柔，也非常的快活。

"不过，医生，"奥斯瓦德说道，"他说过一个星期要付九个英镑的房租，他不会不付了吧？"

"你现在应该也知道他是一个疯子，疯子说话是不能算数的，"医生说道，"当然不会付的，这是他亲姐姐的房子，他为什么还要付房租呢？走吧！"他对那个马夫说。就这样，他们离开了我们。

到此时，大家知道了这位先生不是为了要过高尚的生活而只是因为疯了，大家都觉得非常的难过，一想到可怜的桑德尔小姐，我就更加觉得难过。正如奥斯瓦德向两个姑娘指出的那样，她们至少有他们这样的兄弟，而比起桑德尔小姐来，真的是幸运了许多，因此，她们此刻应该比之前任何时候都感谢他们。

10

岁月在不停地流逝，我们打发了每一天，但桑德尔小姐始终没有回来。我们依然为桑德尔小姐的贫穷感到难过，想为她做点儿事情却没想到在出租房屋时遇上了一个疯子，但这不是我们的错。桑德尔小姐应该是一个十分豁达的人，因为她在给我们爸爸的书信中似乎没有提及这件事情，我们的父亲在他的来信中也没有提到，更没有说什么好心没好报之类的话语。

奥斯瓦德一直就是一个意志比较坚强的人，他不喜欢因为一次失败就把要做的事情放弃。一个英雄要想成就一番事业，在开头时遭遇失败总是在所难免的——如同小说里的布鲁斯和蜘蛛，还有其他著名人物。再者说，大人们在教育我们的过程中，经常这样对我们说："做什么都不能因为失败而放弃，应该做到坚持不懈！"

因此，我们后来说得最多的话题就是如何让桑德尔小姐脱贫致富，尤其是当我们在海边沙滩上痛快地玩得浑身湿淋淋的，想坐下来休息一会儿的时候。

当然，我们有的时候也会换换话题，我们有时候会跑到船屋里去和那些海岸警卫员聊天。在我心中，海岸警卫员是最棒的人，因为他们和水手一样，在他们年轻的时候也当过水手，所以我们可以和他们谈关于水手的事情。如果要找水手去聊这些话题，似乎不可能，因为水手总是在海上，或者在船上（即使停靠港口时也大多数时间待在船上），这样你是无法找到他们聊天的。即使你有幸来到了军舰上，估计你也没有足够的能力爬到顶桅上去和他们聊天，虽然在小说里总是有描述小英雄具有爬到顶桅上去的本领，但实际上我们是无法做到。那些海岸警卫员给我们讲述发生在南方港口的故事，讲述一些沉船的故事，讲述他们不喜欢的军官，也讲述他们曾经的伙伴，可我一问到他们走私的事情时，他们就会说，如今已经没什么走私的了。

"我想他们也许认为，在我们这种天真无邪的孩子面前谈论那些关于犯罪的事情是不对的。"狄克咧着嘴说道。

"对的，"艾丽丝说，"他们也许还不知道，我们早就知道了关于走私犯、强盗、公路抢劫、盗窃犯以及做假币的，诸如此类的事情我们知道很多。"她叹了口气，我们也想到，如今没有机会扮成这种人玩了，因此也会觉得很难过。

"其实没什么，我觉得我们还是可以来扮走私的。"奥斯瓦德说，而他说这话的时候可是不抱任何希望的。要知道，小孩子一旦长大了，最糟糕的事情就是你似乎越来越希望在自己的游戏中能发现一点儿真实的东西。奥斯瓦德就是这样的，他现在已经不再满足于扮强盗去绑架隔壁的艾伯特了，在他们最快活的岁月里，这样的事就曾经发生过一次，那时他可是既高兴又得意。

然而，给我们讲述走私故事的并不是那些海岸警卫员，而是在离海滩大约两三英里碰到的一位老头子告诉我们的。记得他当时正靠在一艘倒扣在沙石上的小船旁边，正在吸着奥斯瓦德的鼻子曾经闻到过的味道最凶的烟草，而我则猜想那一定是黑杰克牌。我们看着他，对他说："嗨，你好！"而艾丽丝则说道："我想你应该不介意我们在你的旁边坐一会儿吧？"

"丝毫不介意。"这位老水手爽快地回答说。之所以说他是老水手，是因为我们一看到他那套紧身衫和高筒橡皮靴，就能猜到他是一个老水手。

姑娘们在沙滩上坐了下来，我们这些男孩子则学着老水手的样子靠在那艘小船旁。我们非常希望他能参加我们的谈话，但他看上去似乎非常的骄傲，似乎不屑于参加小孩子的谈话。也许他的确有他值得神气的地方，他那留着的胡子让他像一个古代北欧的海盗，这让我们很难和他搭讪。

最后，他终于把叼在自己嘴里的烟斗拿了下来，对我们说道："这可真是一个沉默的舞会！我想你们到我这里来恐怕不只是为了看看我吧？"

"我一看到你就觉得你是一个非常好的人。"多拉说。

"彼此彼此，孩子们，我觉得你们也是非常好的人啊。"他很有礼貌地回答道。

"我们很想和你聊聊天，"艾丽丝说，"如果你不介意的话。"

"没问题，那就开始谈吧。"老人说。

接下来的聊天就和平时碰到的场面没有任何区别，大家都不知道要说什么才好，但诺奥尔最终还是打破了僵局，说道："我们大家都觉得你非常的好，但我们很想知道在你身上所发生的别人没有的经历，对吧？"

"我没有什么不同于别人的经历，"那位北欧海盗样子的陌生老人回答道，"我没有什么经历，更没有个人的自传。我在小的时候甚至都没怎么上过学。"

"噢！"诺奥尔回答，"我想要了解的就是，你在过去的几十年中，有没有当过海盗？"

"从来没有，"老人回答道，不过此刻这位陌生老人的兴致完全被挑起来了，"我不大喜欢冒险，虽然过去我当过海军，但因为那时我在看火药时靠得太近，从而导致我的视力变得不好了。在我看来，海盗就像毒蛇一样，是应该杀死的。"

此刻，只有多拉一个人好像很高兴，她说："对的，当海盗肯定是不对的，还有那些公路上的劫匪和走私犯，都是不好的。"

"至于公路劫匪我就更不知道了，"老人回答说，"非常的遗憾，在我出生之前，这些犯罪分子就已经绝迹了，不过我的父亲倒是看见过公路劫匪被绞死的场面，那可是一个身强力壮的男子汉，当他被套上绞索时还在大声发表演讲，当时所有的女人都默默地哭泣，甚至还向他扔花束。"

“那有没有花束扔到他的身上呢？”艾丽丝带着强烈的好奇心问道。

“不大可能，”老人继续说道，“女人一般都是扔不准的，不过我敢断定，那些女人的表现让那个家伙的精神振作了一些。你们可能没有想到，那些女人后来居然为了能抢到一点儿绞死他的绳子，希望借此碰到好的运气，还大打出手呢。”

“你能不能给我们讲述一些他的故事呢，我们会非常的感谢你的。”除了多拉之外，大家都这么说道。

“关于他的故事，我可是一无所知，我只知道他后来被绞死了，仅仅知道这些，要知道在过去，人们比较倾向于用绞刑来处死罪人。”

“那你认识走私的人吗？”霍·奥充满好奇地看着老人问道，“我是说你有没有和他说过话之类的。”

“关于这些方面，我倒是可以给你们讲讲。”老人看着我们，并朝我们眨了眨眼睛。

这样一来，我们在瞬间就全明白了，原来海岸警卫员的“如今没有走私犯”的说法是不可信的。我想，这位勇敢的老人家肯定不会向着外人的，哪怕像我们这样友好的外人。当然，老人家肯定还不知道我们会对他有多么的友好，因此，我们会告诉老人的。奥斯瓦德于是就说：“我们非常喜欢听你讲述关于走私的故事，只要你能讲给我们听，你请放心，我们绝对不会对别人吐露半个字。”

老人家听了奥斯瓦德的话之后，开始给我们讲述故事了。

"在我父亲还是一个孩子的时候，这一带海岸可是有许多走私的，"他说，"我父亲有一个表兄，表兄的父亲就是干走私的，而且他干得非常的顺手，我们也不知道他是怎么干的，反正他就是干得得心应手。当他准备要结婚的时候，缉私的人在他婚礼当天逮捕了他，把他从教堂带走了，并把他关在多佛监狱里。"

"唉，他那个可怜的妻子，"艾丽丝叹着气说道，"她要怎么办呢？"

"她什么也做不了，"老人继续说道，"大多数女人就是这样的，如果你不告诉她怎么做她就什么也不会做的。那个人干走私的时候挣了足够多的钱，而且开了一家小酒店。那个女人在走私犯被带走后就在那个店里招待顾客——因为她非常了解他，他是绝对不会让监狱的大门阻挡自己生活的道路的。也就在婚礼后的大约第三个星期的一天，一个看起来很脏的人来到了这家叫作'钟声酒店'的门前，对了，这家酒店就叫作'钟声酒店'，到这里你们应该明白了吧？"

我们的想法始终非常清楚，在老人讲述的时候始终连气都透不过来，听到老人的问话之后，大家一致地回答："你继续讲下去吧，我们可不想打断你的讲话。"

"那个人真的很脏，脸上长着一把胡子，一只眼睛上还扎着一条布带，他来到酒店门口时已经是下午了，只有她一个人在那里，没有其他的顾客。"

"'你好，太太，'那个人说道，'可以租一个房间给一个需要安静的人吗?’‘对不起,我不会把房间租给男人的,’她说,‘我才不要他们来烦我呢,如果我没有猜错的话,你也许会给我带来麻烦的。’‘我要是烦你才怪呢。’他说。他说着就把手往上一拉,那条黑色的布带就被拉了下来,再一伸手,胡子也被拉掉了,然后就拍拍她的肩。她一看到胡子拉掉之后的男人居然是她不久之前的新婚丈夫,她几乎要昏过去了。”

“于是她就把自己的丈夫当作房客留了下来,那个人也就戴着假胡子到厄普顿农场去干活,而到了夜里依旧做走私生意。过去了一年多之后,依然没有人知道这个人就是他,但最后他还是被抓住了。”

“那他后来怎么样了呢?”我们都迫不及待地问道。

“最后他死了。”老人说,“不过要相信,上帝对每个人是平等的,毕竟活在那个年代的人都死了,缉私的死了,走私的和那些正人君子也都死了,全都跑到雏菊下面去了。”

听到这里,我们都很难过,奥斯瓦德忍不住又问老人家:“那现在我们这里是不是没有走私了呢?”

“在这一带应该没有了,”老人迅速地回答我们,“你们也不用去想这些了,尽管我知道有一个小伙子——一个很年轻的,有着一双深蓝眼睛的小伙子——那是在森德兰一带,他总是在自己的旧衬衫底下藏点儿烟草之类的。有一回当他在海边走时,一个海岸警卫员从隐蔽的地方向他跑过去,他心里当时就感觉自己完蛋了,可他却大声对那个海岸警卫员说道:‘你好,杰克,是你吗?我还以为走过来的是一个流浪汉呢。’

"'你那一大包东西是什么啊?'海岸警卫员问他,'我替你捎带走,好不好?'他心里对自己说,如果对方有鬼,那肯定不会交给他。

　　"可那小伙子实在太机灵了。他在心里也暗自嘀咕:如果我不答应,那他就盯住我,如果我答应呢……好吧,这也许正是一个很好的机会。于是他把那包东西交给海岸警卫员,那海岸警卫员想,这包东西肯定没有问题,那就替他带回去给他的母亲。海岸警卫员心里还觉得很抱歉,觉得自己不应该这样可耻地怀疑这个可怜的老小子。不过这一带确实没有这种事,真的没有,没有。"

　　我想多拉此时一定在心里说:"他还是老小子——在我心里他可是很年轻的,还有一双深蓝色的眼睛!"

　　但就在这时候,一个海岸警卫员朝我们走了过来,非常凶横地命令我们不要靠在小船旁。这个海岸警卫员太不讨人喜欢了——和我们那边的警卫员有着太大的区别了。他一定是另一个警卫队的,我想。老人于是慢慢地离开了小船,他使劲地挪动他的长腿要站起来,因为那警卫员还在不停地大声嚷嚷,简直就没有见过比他更加凶横的警卫员了。

　　那位老人对海岸警卫员说,其实说话客气点儿也不会损失点儿什么,后来我们大家都非常生气地走开了。

　　在我们回村里的时候,艾丽丝拉着老人的手,问他那位警卫员为什么会那样凶横。"他们满脑子里都是一些奇怪的想法。"老人回答道,"他们这些人想事情可以说是无知到了极致，由于现在这一带没有走私了，所以他们除了去怀疑老实人之外就无事可干了。"

老人家说完之后，我们非常亲切地跟老人告别，大家一一握手道别，我们也知道老人住在村里不远的一座农舍里，他还养着一些猪。听他说到养了猪，我们很想看了他养的猪之后才回去。

最开始我们还不至于非常痛恨那个不讨人喜欢的海岸警卫员，可是有一天我们正在跟我们自己这边的海岸警卫员聊天时，他却走了过来，还对我们那个警卫员说为什么让一群小浑蛋待在船屋里。当时大家都很生气，但我们最终还是保持着一颗自尊的心，默默地离开了那个讨人厌的家伙。不过，大家始终还是忘不了这件让人不快乐的事情，晚上睡觉的时候，奥斯瓦德说："如果让那些海岸警卫员做些事情，你们认为那样会是一件好事吗？"

狄克打着哈欠说他可不知道。"我想去扮作一个走私的，"奥斯瓦德说，"哦，对了，你要睡觉的话就赶紧去睡吧，可我已经有了一个好主意，如果你不肯参加的话，那我就去找艾丽丝了。"

"你说出来听听。"狄克说，他听到奥斯瓦德这样说了之后已经没有睡意了，已经用手肘抵着枕头在认真地听奥斯瓦德的建议了。

"那好，"奥斯瓦德说，"我想我们可以扮成走私的。"

"这种游戏可是我们之前一直在玩的啊。"狄克说。

"不过我现在不是要玩游戏，我要做的是来真实的。当然，我们得从很小很小的事情开始做起。如果我们不断干下去，说不定还能为贫穷的桑德尔小姐弄来不少的钱呢。"

"走私东西可是很花钱的啊。"狄克说。

"我们正好收到了印度叔叔星期六寄给我们的一些钱，我敢说我们绝对是能干的小伙子，我们可以找个人在夜里把我们用渔船送出去——经过大海到法国去，买上一桶酒之后马上回来。"奥斯瓦德说。

"那样做很容易把我们抓到大牢里去的，我才不干呢。"狄克说，"再说，谁会送我们去那里呢?"

"那个长得像北欧海盗的老人会送我们去的，"奥斯瓦德说，"不过也可以不要你参加，如果你害怕的话。"

"哼，我可是什么都不怕的，"狄克说，"你不要把我当作傻瓜，你也不要那么激动，奥斯瓦德，你先听我说，我们不妨先弄一个酒桶来，里面什么酒也不要装，只装上水，这样我们同样能得到乐趣的。因为如果海岸警卫员把我们抓住了，我们还可以把那些凶神恶煞般的海岸警卫员捉弄一番。"

奥斯瓦德对于这个建议非常的赞同，不过他们也约定好，彼此得把这桶水叫作白兰地酒，对于这种建议，狄克当然没有反对意见。

当然，走私可是男人的事情，姑娘们天生就与这些事情无缘，至少多拉是这样认为的，但她要是把这件事情告诉了艾丽丝，艾丽丝一定也要穿上男孩的衣服去参加这次走私活动的。

对此，我们知道爸爸肯定会不高兴的。我们甚至觉得诺奥尔和霍·奥实在太小了，当不成走私犯的，因此狄克和我约定，一定要把这主意对他们保密。

第二天我们又去那里看了那个长得像北欧海盗的老人，并和他说了我们的计划。不过我们可是花了很长的时间才让他明白了我们的意思，等到他最终明白了之后，他居然不停顿地拍了自己的大腿好多下，而且是用力狠狠地拍，并说我们真是青出于蓝而胜于蓝。

"可是说实话，我可不能让你们这样做，"他说，"如果你们被那些人盯住了，那就脱不了身了，但愿上帝保佑你们。"

我们向他解释道，说那桶里装的不过是水而已，他却又继续拍自己的腿，而且比之前拍得更加的狠了，要不是他已经是一个老水手了，那腿也是久经锻炼的，恐怕早就拍痛了。不过后来他明白了我们说的桶里装的是水之后，他就不再像开始那么反对了，最后他说道：

"你们现在听我说，贝南登有一艘叫作'玛丽·萨拉号'的船，船主经常带一到两个孩子在夜里出去捕鱼，只要他们的爸妈不反对，他就会带他们出去。你们可以写信给你们的父亲，问是不是允许你们夜里出去捕鱼，或者请恰特里斯先生代写。他会写这类书信的，那些来度假的男孩子经常请他写。只要你们的父亲同意了，我就去跟贝南登说。不过要记住了，只是夜里去捕鱼而已，不要提到那桶东西，只有你们和我知道就行了。"

我们完全按照他说的去做了，恰特里斯先生是一个牧师，他人很好，帮我们写了信给我们的父亲，爸爸在回信中说道："好的，我答应你们的请求，不过你们要小心，而且不要带姑娘们和小的弟弟去。"

　　我们把信给姑娘们看，让她们打消了对我和狄克的反感，因为我们总是在秘密商谈酒桶的事情，从来不告诉别人我们究竟要干什么。这是应该的，关于酒桶的事情我们当然对谁也不能吐露一个字，绝对只有两个人知道。

　　爸爸在信中说了不能带姑娘们和小的弟弟一起去，这就让艾丽丝不能再胡思乱想了，否则她也很想上船去当个打杂工之类的。

　　"老北欧海盗"这时候完全被我们的计划迷住了，他也帮我们想出了种种我们不曾想到的阴谋诡计。最后，他为我们选择了一个最黑的夜晚——我们也很幸运，这样的黑夜也正好让我们碰到了。老人还选择了一个涨潮的时间让我们动身，那时太阳已经落下去了，看上去暮色深沉，大海似乎比任何时候看上去都更要苍茫，整个天空也是如此。我们穿上了厚厚的内衣，还有厚厚的上衣，再在外面套上足球运动衫。因为"老北欧海盗"告诉我们说天气会很冷。当这一切准备妥当之后，我们就跟我们的姑娘们及小弟弟们告别，那场面就如同《水手告别》那幅画上画的一样。我们带着用蓝格子手帕包的食物，并且在院子中间和他们说再见，他们要吻我们，多拉说："再见，我知道你们肯定不会被淹死的，我希望你们在船上能够快乐，而且我相信你们一定会很快乐的!"

艾丽丝说:"我实在觉得你们太不够意思了,其实你们还是可以替我向爸爸求情,让我和你们一起去的,或者让我们去看你们上船出发也行。"

"男人一定要干活,女人一定要哭,"奥斯瓦德板着脸说道,"那个'老北欧海盗'说了,除非我们悄悄地上船,做得像个偷渡者一样,否则他根本不会让我们和他一起去的,他还说了,如果有人看见我们,那别的人也就会跟着去的。"

我们来到海边的时候,尽量躲躲藏藏的,可终究还是被几个人看见了。等我们到了船上才知道,这艘船是由"老北欧海盗"和贝南登驾驶,另外还有一个红头发的孩子。他们正用滚辊把船从岸上弄到海里去。我和狄克见了,自然要跑过去帮忙,他们也大声叫喊:"哟嗬!用力推啊,全体快活的孩子们!"于是,我们就在船尾用尽所有的力气把船往前推。

当船头碰到海水的那一刻,那可是一个得意的时刻。而当只有小部分的船尾还留在岸上时,则是一个更让人得意的时刻。这时,贝南登先生对我们说:

"全体上船!出发啦!"

那个红头发男孩帮助我和狄克上了船,然后他自己也上了船。而那两个大人把几乎已经在深水里晃荡的船最后用力推了几下,当船的尾巴滑过小石子进入水中时,他们也纵身向船边跳过去,趴在船边上,橡皮高筒靴在摇晃着。

等到他们后来站到了船上,他们卷起一两根缆绳。就在我们偶尔回头看的时候，海岸已经离我们很远了。

没想到我们此刻真的漂在大海上了，我们的走私冒险也不再只是梦想了，现在已经是真实的了。奥斯瓦德最初几乎兴奋得顾不上享受这段旅程了。我希望读者们明白这一点，不要以为本书的作者打算拐弯抹角地说大海要和奥斯瓦德过不去。其实不是那么一回事，在奥斯瓦德看来，大海带给他的一直是很好的感觉。反而是狄克觉得不舒服，但据他自己说是由于船舱里的气味让他不舒服，而不是大海让他不舒服。我敢肯定狄克说的是真心话，因为那船舱里确实是有点儿让人发闷，即使奥斯瓦德待在那里都会觉得不好受。

船舱大约只有六英尺左右的长度，里面有一些床铺和一个燃烧汽油的炉子，还有一堆堆的旧大衣和帆布、防水帽等，一股柏油、鱼、煤油烟、机器油以及窗子从来没有打开过的房间的气味混合在一起，这样的味道实在让人难受。

奥斯瓦德只是把鼻子伸进去了一下，就觉得很难受，等到那些鱼被烧好、吃了之后，他也就不在船舱里待了，这时候他已经不会在颠簸的船上头重脚轻地走路了。

我不想在这里给大家讲述渔网是怎样撒出去并拉上来的，也不想讲述一堆堆闪亮的鱼活蹦乱跳地翻过船舷到了船上，鱼重得让人觉得船都快要翻过去了。那天晚上的收获非常大，奥斯瓦德可非常高兴地全看在眼里了，因为这种场景是很难得的。这时候狄克在船舱里睡着了，他错过了这样一个好的机会，但我想还是最好不要把他叫醒，免得他再次遭受那种活罪。

到了夜里之后，尽管奥斯瓦德越来越兴奋，但毕竟还是很困了，也就在这时候，老贝南登先生说道："它在那里！"

奥斯瓦德开始是什么也没有看见，但很快他就在那光滑的海面上看到了一样黑色的东西，而且他也很快就看出来那是大海中的另一艘船。

它安静地朝我们驶过来了，最后靠在我们的船边，接着就有一个小酒桶被人匆匆忙忙地从那艘船上递到了我们这艘船上。

他们在交谈的时候声音非常的轻，而且也只简短地交谈了几句，因此奥斯瓦德只听到了其中的一句："你们能保证没有给错吧？"有几个人则用沙哑的嗓音哈哈大笑了一下。

记得刚上船的时候奥斯瓦德和狄克还提到过那个酒桶，老贝南登先生他们叫奥斯瓦德他们"不要提它！"因此，那时奥斯瓦德还担心这次也许只是一次夜间的捕鱼而已，担心自己的好主意被遗忘了。可是此刻，当他看到了小酒桶，他的心开始抖动起来。

天气越来越冷了，狄克在船舱里盖上了好几件有着浓厚鱼腥味的大衣，奥斯瓦德则为自己拿到油布雨衣和防水帽而高兴，他坐在不用的渔网上。也许，一个人只有在夜里独自在大海上才能感觉到世界真的有多么的大。天空看上去是那么的高高在上，星星离我们也比平时更加的远，就算知道自己只是在英吉利海峡，也会感到自己像漂泊在无边无际的大西洋或者太平洋上的小船一样渺小。哪怕就是捕上来的鱼，此刻也足以用来显出世界有多大。因为你肯定没有想到，那么多的鱼，却都是来自这黑暗中的大海深处。当第二网鱼拉上来的时候，放鱼的船舱就已经装满了。

奥斯瓦德则靠在那个宝贝酒桶上坐着，万物的庞大和大海在黑夜中的安静也许真的把他弄昏了。过了不知道多久，他也不知道自己是否已经睡着了，直到"老北欧海盗"轻轻地摇动他，把他叫醒了对他说道："嗨，小伙子，赶紧醒醒了！你是想和你那宝贝酒桶一起上岸的吧，你一定想让它给钻孔打一下吧？"

奥斯瓦德听了这句话，立马起来了，那酒桶已经滚到满满的装鱼的船舱里去了，还有一些鱼跳到酒桶上面了。

"酒桶里面真的只有水吗？"奥斯瓦德问道，"我感觉有股很怪的气味，真的，除了这艘渔船上很自然的各种气味之外。"奥斯瓦德开始闻到了那种只有铁路酒吧才有的很强烈的气味。

"当然只有水啊，""老北欧海盗"说道，"否则你认为还会装了什么呢？"奥斯瓦德感觉老人在黑暗中朝他眨了眨眼睛。

接着奥斯瓦德好像又睡着了，或者是确实睡熟了或者是想什么想得入了神。反正等他被一阵颠簸及一个很轻的"咯咯"声惊醒的时候，他开始还以为是船撞到了珊瑚礁什么的。

不过他很快就明白了，自己乘坐的船不过是正常的靠岸了，于是他跳了起来。然而，把一艘船推上岸可不像把它推下大海里那么简单，这就需要用绞盘才能把它拉上岸。

船被他们拉上岸之后，我们下了船，重新站在地上的感觉真的是奇怪的，腿比在大海上的时候抖得还要厉害。那个红头发男孩子去弄大车来把船上那些还闪闪发亮的鱼装运到市场上去。这时，奥斯瓦德决定勉强回去面对船舱里各种混合的气味，去把狄克叫醒。

　　狄克醒来之后，他并没有对奥斯瓦德这样的深思熟虑表示感谢，即使这样做让他避过了大海上的危险和不舒服。他说道："我觉得你们应该叫醒我，因为我睡着了之后可是什么也没看到。"奥斯瓦德并没有回应狄克的话语，因为在他的内心总是充满自豪和自信的天性。他只是对狄克说："好了，现在赶紧去看他们是如何把鱼运走的吧。"

　　于是，他们赶紧去看那些人是怎么运走那些鱼的，但当他们走出船舱的时候，他们听到了陌生的声音，而这声音让奥斯瓦德的心就如同"看空中彩虹"的人那样跳了一下。因为其中的一个声音就是那个经常在沙滩上出现的差劲的警卫员的，这家伙至少有两次干涉过那些不属于他管辖的事情了，对奥斯瓦德和他的兄弟姐妹们也是非常的不客气。于是，奥斯瓦德也就可以断定，那个家伙那种近乎咒骂的坏脾气肯定又要来了，和过去爆发的一样。

　　"来到这里可让你失去了你最为美好的睡眠，斯托克斯。"我们听到"老北欧海盗"在说。

　　"不过我们并没有错过别的东西。"那个叫斯托克斯的海岸警卫员回答道。

"要不要来半打鲭鱼做你的早餐?"老贝南登先生接着很客气地问道。

"我对鱼没有任何胃口,不过还是要谢谢你的好意。"斯托克斯先生语气冷冰冰地回答。奥斯瓦德看见他在海边走来走去,抱着双臂以取暖。

"现在要看我们卸鱼吗?"老贝南登先生又问道。

"要是你们不反对的话,我乐意看你们工作。"斯托克斯回答道。

不过显然他得等很长的时间,因为装鱼的车还没有来到,等了老半天还是没有来。等到那装鱼的车一来到,人们就把船上的鱼一篮一篮地拿下来装到车上去。

他们一个劲儿地从船舱里没有酒桶的一边把鱼掏出来,都已经掏出了一个大洞了,而有酒桶的那边的鱼却还是像堆了一座山似的,这一点,我想那个虎视眈眈的海岸警卫员,以及这时候加入他队伍的那些伙伴也都看在眼里。

天开始有些亮了,只不过这些亮还不是太阳的光线,而是一种阴森森的亮光。你简直不能相信曙光出现的时候会是这样的,天空也变成蓝色的了,而不再是黑色的了。

那个让人可恨的海岸警卫员已经不耐烦了,他说:"你们最好还是主动供认吧,这对你们来说更好。否则,随着船舱里的鱼卸完了,到头来终究是要露馅儿的。我知道那些东西在哪里,我们这里可是有秘密报告的,大家都清楚,这出戏马上就要结束了,因此我劝你们还是不要再犯傻了。"

老贝南登先生、"老北欧海盗"和那红头发男孩相互看了看。"你所说的秘密报告指的是什么呢?"老贝南登先生问道。

　　"白兰地酒。"海岸警卫员斯托克斯回答道,并走到船边,"而且我在这里就能闻到酒的味道。"

　　奥斯瓦德和狄克此时也靠了过去,那种在酒吧里的味道在此刻比任何时候都要强烈,而且酒桶那棕色的一角已经露了出来。

　　"就在这里!"那个讨厌的家伙叫道,"让我们先把那位先生请出来吧,然后你们大伙儿也跟我走。"他耸耸肩,认为一切都弄得差不多了。这时候,只见"老北欧海盗"把酒桶上面的鱼扒开,把酒桶从鱼堆中拿了起来。

　　"大小差不多,"令人讨厌的斯托克斯叫道,"其他的呢?"

　　"就这一个,"老贝南登先生说,"我们都是穷人,所以我们做事情的时候总是根据自己的财力来做决定的。"

　　"如果你们不反对的话,我们可要看着你们把这船舱里的鱼都卸光了,直到露出船底的木头为止。"那个讨厌的海岸警卫员斯托克斯说。我现在看得出来,我们勇敢的船员已经准备和他斗争到底了。这时候,海岸警卫员越来越多了,我明白了我们的船员要带着这桶假白兰地酒到警卫站去,让这片海滩上的全体海岸警卫员们上一个大当。

　　可是狄克再也不能承受整件事给他的折磨,说实话,他实在不是一个富有冒险精神的人,何况他的冒险精神已经被他刚才乘船时所吃的苦头折腾得荡然无存了。因此,他对海岸警卫员说："你们现在听我说吧，那个酒桶里只有水。"奥斯瓦德真想狠狠地踢他几脚，即使他是他的弟弟。

"哼！"那个讨人厌的斯托克斯回答说，"你以为我没有鼻子吗？难道你们就没有感觉出来，此刻一股强烈的酒味正从那桶口散发出来。"

"那就打开来看看吧，"狄克毫不理会奥斯瓦德，说道，"里面确实只有水。"

"你以为我真的会相信你说的吗？你以为我会相信你要得到的只是海峡那边的水吗，你这个小浑蛋！"那个凶恶的海岸警卫员回答，"这边的水已经够多的了。"

"这是另一边的水……这是法国那一边的水。"狄克此时如同发了疯一样地说道，"它是我们的，是我哥哥和我的，是我请这些水手为我们弄来的。"

"水手，真的？"那个可恨的海岸警卫员说，"你们也得跟我走。"

"老北欧海盗"说了他是什么人之类的话语，但是贝南登先生悄悄地对他说没事——时候到了。这话只有我和"老北欧海盗"听见了。

"我要回家，"狄克说，"我才不要跟你走。"

"你要水来做什么？"那个人问狄克，"你要不要现在尝尝味道？"

"就是为了当你下次吮喝我们离开你那该死的船的时候，我们好请你喝上一杯。"狄克说。奥斯瓦德看到大家听见这句没礼貌的话语后反而哈哈大笑，心里觉得十分的高兴。

我想也许是因为狄克的脸看起来是那么像一个天使的脸，是那么的天真无邪，那些海岸警卫员们只好相信他的话。

反正那个酒桶也打开了，里面的的确确装着水，而且是海水，正如那个让人讨厌的斯托克斯用铁皮杯子倒了一杯尝过之后说的那样，我想，如果他不亲自尝过，他是绝对不会相信的。"可我还是闻到了白兰地酒的味道。"他擦了擦嘴上的海水说道。

这时，"老北欧海盗"从胸前的套衫里慢慢地拿出了一个贴了标签的扁酒瓶。"是这个'老船牌'的酒瓶发出的味道，"他很斯文地说道，"我可能在那个桶上面不小心洒了一两滴，我的手不大稳当，大家应该知道，这是由于疟疾的缘故，每过六个星期就要发作一次。"

那个让我们永远也受不了的海岸警卫员说道："疟疾难道是这么个玩意儿？"他的同伙也这么说，但是他的同伙全都责怪他，对此，我们觉得非常的高兴。等我们回家的时候，连眼睛都睁不开了，但我们还是非常的高兴。可以说，整个事件就是一个完美的大骗局，这也正是我所希望看到的局面。

当然，我们还是把这件事告诉了我们自己的、那些亲爱的林教堂海岸警卫员，我想他们还是值得信任的，他们一定会在许多日子之后都不会把这件事透露给长滩那些海岸警卫员的。如果他们忘记了，我想那一带的海岸总会有许多人会提醒他们的。

我们回去之后，把这件事也告诉了姑娘们，于是她们就埋怨我们没有早点儿对她们说，后来我们决定给"老北欧海盗"五个先令，报答他陪我们玩了这场游戏。我们决定了也最终这样做了，但他起初还不肯收，直到我们说："收了吧——你可以用它来买一头猪，并且取个名字叫斯托克斯，以此来纪念那位海岸警卫员。"这样说了他才不推托了，把我们这件友好的礼物收了下来。我们又跟他聊了一会儿，在分别的时候感谢他这么好，帮我们彻底地修理了那个让人讨厌的海岸警卫员。他却说："不用客气，你们接下来打算干什么呢，有没有告诉过姑娘们呢？"

　　"没有，"奥斯瓦德说，"是事情过去以后才告诉她们的。"

　　"这么说你们居然很能保守秘密，好吧，既然你们这么好，还送了一头猪给我——一头将要被命名为斯托克斯的猪——我也就不在乎告诉你们点儿什么吧。只是你们要做到严格保守秘密。"

　　"放心就是了，我们一定会严守秘密的。"我们说。

　　"那么，"他从那个猪圈栅栏里探过身来，用棍子擦着猪的背，"不论做什么事情都会有人从中得到好处的，你们知道，那天晚上有人到长滩悄悄给那个海岸警卫员报信，说我们有酒。所以我们一靠岸，他们就已经到了那里。"

　　"没错啊，"奥斯瓦德说。"如果他们都到这里来了，他们就不可能到别的地方去了，对吧？""老北欧海盗"说道。我们说："对的。"

"我一点儿都不奇怪，"他接着说了下去，"那天晚上确实有点儿货物运到离海岸远一点儿的地方去了，那可不是什么海水。记住了，我没说就是这样的啊——记住不要说出去了，要保守秘密啊。"

　　我们也终于明白了，这个世界上走私还是有的，而且我们还给走私帮了一点儿小忙，虽然是在自己完全不知道的情况下做的。尽管如此，我们还是非常的高兴，后来我们对爸爸也说了这件事，他对我们说，法律是英国人民制定的，不遵守它对于英国人来说就是不诚实的，于是我们也就明白了走私这件事绝对是错误的。只是我们从来没有为了这件事而真正难过，我自己也说不清楚到底是为了什么。

11

在这一章里，我要向大家讲述的是我们怎样扮演吉卜赛人和流浪艺人的故事。这段故事里讲述的和我们之前所做的事情都出于同一个目的，那就是我们去挣钱，为了桑德尔小姐，因为我们为她的贫穷感到非常的难过。

如果你想在桑德尔小姐的房间里玩出什么花样，那简直是奢望了，她的房间里是如此的萧条，当你置身于她的房间时，除了你自己的东西外，你几乎找不到其他的东西了。当然，她的房间里还有一些生活必需品。大家可以想象得出来，谁能拿自己的衣服玩出什么名堂呢，即使你和自己的兄弟姐妹交换着帽子来戴，但结果还是失望的，无法变出新的花样。

这回艾丽丝想出了一个好主意，让我们大家扮成吉卜赛人，虽然之前她一直很不高兴，因为我们玩走私的事情没有叫上她，哪怕奥斯瓦德一再向她解释我们没有带上她的原因是由于她是一个女孩子。可以想象，自从玩走私的事情之后，狄克和我也就有了一些共同的话题进行交流，聊起来也特别的高兴，而这些姑娘们则无事可做，倒霉的是那几天里一直不停地下雨。

一个人如果没有在桑德尔小姐的房间里生活过，他是不可能知道待在那里面是多么的无趣。桑德尔小姐说过，住在这种地方就是要做到生活俭朴、思想崇高。也许是这样，对于那些思想崇高的思想家来说，这里确实是一个很好的住所；不过重要的是看你个人的习惯，如果你习惯于思索崇高的思想，那就是你的乐土，如果你不习惯于思索，那这里就什么都不是了，除了俭朴的生活。

比尔太太就不一样了，她非常关心我们，每顿饭都会做很多好吃的东西给我们吃。尽管如此，我们总不至于整天把时间都花在吃饭上面，毕竟吃饭的时间也就那么一些，而其余的空余时间里确实让人有种心灰意冷的感觉。虽然房间里还有许多出色的图画，有那个几乎要飞翔的房客画成的带有翅膀的图画，但我们也总不能整天都对着那些图画看啊，即使那些画是多么的出色、多么的五彩缤纷，即使我们是多么的喜欢它们。

当你在桑德尔小姐的这种房间里待着，你就会在里面转来转去的，然后自言自语地说道："接下来我们应该做些什么好呢？"万一碰上了下雨的天气，这些小家伙们待在房间里会大发脾气，是因为闷坏了的缘故。

天空不停地下着雨，在下雨的第二天，我们来到了桑德尔小姐的房间，大家无聊地转来转去，唯一能做的事情就是听自己的靴子在光秃秃的地板上击响的音乐，真是让人苦恼。这时，艾丽丝突然说道：

"我记得比尔太太家里有一本书，好像叫作《拿破仑相书》，奥斯瓦德，你可以去找她借过来吗？我们这些人里，她最喜欢的就是你了。"就像我所知道的人那样，奥斯瓦德一直都是非常的忠厚。"我们可以学这本书里的方法，然后来给我们自己算命。"艾丽丝没有停下来，她继续说，"这样总比我们一直在这里无谓地思索崇高的东西要有趣得多。"

奥斯瓦德听艾丽丝这么一说，立即跑到楼下去，找到比尔太太，对她说："亲爱的比尔太太，我知道你家里有一本书，我想你会借给我看看的，对吧？"

"你说的那本书是不是《圣经》？"比尔太太一边回答奥斯瓦德的问题，一边继续削着手上的土豆，削好的土豆是要用来和羊腿一起烧的，而且要烧成棕色的、酥酥的，"你说的书如果是《圣经》的话，桑德尔小姐的那个小柜子上就有一本啊。"

"桑德尔小姐的那本书我们都知道，"奥斯瓦德说，他知道屋子里的任何一本书，每一本书的书脊都非常漂亮——皮的、烫金的——不过那都是一些诗或者说教的书。"我说的不是那本，这会儿我们不想要《圣经》，我想向你借的是《拿破仑相书》，你不会介意我去你的家里拿过来看看吧？"

"这会儿家里没有别的人，"比尔太太说，"你等会儿，我把这些肉放进了烘炉，然后就回去把书给你拿过来。"

"你就放心地让我去拿吧，"奥斯瓦德说，我们都知道，奥斯瓦德一直是那种急性子，他是不愿意将时间花在无谓的等待上的，"我是不会乱动你家里其他东西的，而且我也知道你的钥匙放在什么地方。"

"反正放在家里也没什么用，"比尔太太说，"既然你着急用，那就去拿吧，书在壁炉台上的茶罐旁边，画着画的茶罐，而且是红色的。不要拿错了另外一本书，两本书一起放在壁炉台上的。"

奥斯瓦德穿着他自己的那双套鞋，一溜烟地跑过烂泥地，来到了比尔太太家里，在水槽后面那块松的瓦片下面找到了钥匙，没有费什么工夫就找到了那本书。他说到做到，没有碰比尔太太家里的任何东西，即使玩点儿小把戏都没有，因为他答应了比尔太太，不想让比尔太太回家之后感到特别的惊讶。

书拿到之后，接下来的大半天时间里，我们就学着用那位皇帝所发明的办法给大家轮流算命。我们尝试了各种方法，要么用那些很难记得住规则的纸牌，要么用我们做过的梦来算，反正是想尽一切办法。在算命的过程中，最难解决的问题就是大家都争着要看这本书，另外讨厌的就是诺奥尔的梦又长又复杂，还未给他算这个梦的时候我们已经听得不耐烦了，不过他坚持说他现在讲述给大家的每一个细节都是他在睡梦中见过的，我们只好希望这是真实的。

于是，我们大家在上床的时候都希望自己能做个梦，然后在这本相书里找到合适的解释，可是无论我们用了多大的努力，我们还是没有做出梦来。

第二天早晨，当我们起来的时候天空依旧飘着雨，大家心里觉得不高兴，艾丽丝则说道："大家过来，如果天一晴起来，我们就去穿戴好，扮成吉卜赛人，好吗？而且我们还可以扮成吉卜赛人到远一点儿的其他村子里去，用我们在这本书里学到的东西给人家算命。当然，如果你们把这本书单独借给我用一天的时间，我就可以从中学到更多的东西，可以在别的村子里很神秘地去跟他们算命，你们应该知道，那些吉卜赛人通过算命挣了不少的钱。"

狄克可不是这样认为的，他觉得这只是艾丽丝找的一个借口，无非就是想独自占用这本书，但是奥斯瓦德却说："那样也可以，不过先得让我们试试，让她先读一个小时，大家再一起来考她，看她在一个小时里能学到什么。"

经过一番热烈的讨论，最后就这么决定了下来，我们也就把书交给了艾丽丝。艾丽丝拿到书之后，她用自己的手指头堵住耳朵拼命地看书并背诵，这时，我们其他人就开始猜想那些吉卜赛人平时应该穿什么样的衣服，那是一个怎样的情景呢？于是，我们走进桑德尔小姐的房间，希望在她那个空荡荡的房间里能找到什么衣服可以穿，这时艾丽丝也跟了过来，她想知道我们现在在干什么。当然，我们也就取消了对她的考试。桑德尔小姐的房间里真是简陋，我们找遍了房间里的柜子和抽屉，但还是让人大失所望，房间里所有衣服的颜色要么是灰色的，要么是棕色的，完全就不适合那种成长于灿烂阳光下的南方的孩子们穿出去。至此，我们已经可以从桑德尔小姐的这些衣服中看得出来，她的生活是多么的俭朴。另外，就服装来说，灰色的衣服也容易脏。在我们看来，这种状况是没有任何希望了，哪怕我们将房间里所有的抽屉都翻出来，但还是只能找到床单、台布和更多灰色及棕色的衣服。

在这里，我们终于不再心存任何幻想了，于是大家开始转移阵地，希望去顶楼上发现一些有用的东西。那里是仆人们住的地方，而仆人们的衣服说不定就适合我们穿出来玩，毕竟他们的衣服在颜色上比较多。可是，桑德尔小姐生活这么俭朴，她会有仆人吗？我们只能想象她以前有过仆人，而且也只能这么猜想了，并想象着那些仆人们能在这里留下点儿什么。这时，多拉强烈建议我们上去找找看，并嘟囔着说什么"如果在顶楼上没找到任何对我们有用的东西，那只能是命中注定了，大家也就没有必要出去干别的事情了。而且我几乎可以肯定地说，你们这样穿出去给人家算命，那是会坐牢的。"

"如果是吉卜赛人跟别人算命就不会坐牢的，"诺奥尔说，"我相信那些吉卜赛人出去给人算命是得到特别许可的，法官也不会把他们怎么样。"

于是我们大家一起来到了顶楼上，果然不出所料，这里和屋子的其他地方没什么区别，看起来还是光秃秃的。幸运的是，房间里还有几个箱子，我们逐个把箱子打开。先打开的是最小的箱子，里面装满了旧的书信，我们立即把箱子盖了起来。另一个箱子里装的全是书。就在我们带着失望的心情打开最后一个箱子的时候，发现箱子里的最上面铺着一条深红色的毛巾。见此情景，我们迫不及待地掀开了毛巾，大家差不多同时叫了一声："噢!"

原来最上面居然有一件深红色的东西，并且绣着金线。打开后一看，原来这是一件上衣，有点儿像东方人穿的上衣。我们把它拿了出来，放在那条干净的毛巾上面。然后我们把箱子里所有漂亮的东西都翻了出来，这回轮到我们惊讶了。箱子里居然有斗篷、裙子、围巾，而且全是用最美丽的丝绸和布料做的，看起来五颜六色的。除此之外，箱子里还有一些珠链和许多漂亮可爱的首饰。我们此时猜想桑德尔小姐在年轻时，或者在她富裕的时候，她一定非常喜欢美丽的东西。

　　"真是太好了，我们把这些衣服穿出去的话，我相信附近没有哪个吉卜赛人能比得上我们。"奥斯瓦德高兴地说。

　　"我们这样做恐怕不大好吧，我们都不征求一下人家的意见就把人家的东西拿走了。"多拉说。

　　"这样做当然是不好的，"奥斯瓦德语气非常的尖刻，他说，"我觉得我们应该给桑德尔小姐写封信，信里应该这样说：'对不起，桑德尔小姐，我们知道你非常的贫穷，所以我们想借你的衣服扮成吉卜赛人，去给人算命，这样能为你挣点儿钱。'对，就这样写，多拉，赶紧去把这封信写好。"

　　"我也就问问你而已。"多拉很不情愿地说道。

　　我们大家挑了衣服出来，开始一件件地试穿起来。这些衣服中有的是晚礼服，穿上去带有很浓重的小姐味儿，肯定不适合穿到外面去。不过衣服很多，大家还是能找到用得着的。奥斯瓦德选了一件白衬衫穿上，并挑了一条法兰绒短裤，在腰间还拴了一条七色围巾，将一条绿色的盖头巾裹在头上，头巾上还插了一根粉红色的闪亮的别针，奥斯瓦德看上去像是一个西班牙斗牛士。狄克则选了一件绣金线的红上衣穿好，多拉还给它打了个褶，而且长短刚好合适。艾丽丝穿上一条蓝色的裙子，上面绣着孔雀毛，再穿上很短的无袖金黑上衣，头上裹着一条黄丝绸手帕，看起来像一个意大利来的农家女。另外，艾丽丝还在自己的脖子上围了一条手帕。多拉穿的有点儿像是一条裙子，围的手帕是紫色和粉红色的。诺奥尔一定要两条围巾，一条绿色的一条黄色的，裹在他的腿上有点儿像绑腿，然后他在自己的腰间还拴了一条红围巾，并且在自己的鸭舌帽上插一根鸵鸟身上的羽毛，还将自己称为游吟诗人。霍·奥让我们大吃一惊，他居然穿上一件女式灰色绸上衣，绣着罂粟花，并将衣服垂到自己的膝盖，而且他还用一条珠带把它束紧。

我们试好这些衣服之后，将这些衣服打成包裹，最后还是艾丽丝想得比较周到，到外面去买了一便士的别针。我们相信，如果我们这样穿着吉卜赛人的服装出去一定能引起许多让人激动的议论。我们越是这样想，就越来越渴望自己赶紧离开我们现在的村子去开始我们的吉卜赛人生涯。

艾丽丝去买别针的那家糖果店是一个女人经营的，她有一头驴子和一辆大车，我们想借她的车用一下，她让我们先付给她两先令，然后她就把驴子和车借给我们。但即使是这样，我们几个人中间还是会有人徒步旅行，有的人则可以乘着驴车往前走。

第二天的早晨，天空看起来一片蔚蓝，真是晴空万里。我们起来后把一切收拾得干干净净，虽然在梳头发的时候没有找到梳子，但我们还是用刷子梳好了自己的头发。比尔太太也起得很早，她给我们做了很好吃的三明治和苹果炒饭当午餐。我们告诉比尔太太，说我们会到树林里去摘风铃草，因为这是我们早就计划好要做的事情。

我们等驴车来到家门口后，就开始了我们的旅程。因为人比较多，所以不能同时上车，于是我们决定用抽签的方式决定谁先乘车，谁跟在后面跑，这样的话就可以一路上轮流换人。最开始抽中的是多拉和霍·奥，但我们都知道根本就用不着跑，因为天底下没有什么比驴子跑得更慢的了，尤其是当它经过自家门前的时候，它都没有挪动脚步的意思。最后，奥斯瓦德实在受不了了，于是跳下车来走到驴子的前面，居然和它对着干来。这头驴子虽然不大，但是力气却不小，它将自己的四条腿撑在地上，昂着自己的头，而奥斯瓦德也将自己的双腿撑在地上，同样昂着自己的头。奥斯瓦德和驴子的对峙就形成了一个怒气冲冲的大写字母"V"。奥斯瓦德用无畏的眼神盯住驴子，而驴子也看着奥斯瓦德，对于驴子来说，奥斯瓦德就像是干草或蓟草。

就在这个时候，艾丽丝在车上用一根棍子抽打驴子，我们现在才明白，原来女店主给我们棍子就是用来抽打驴子的。看着奥斯瓦德和驴子这样，其他人哇哇大叫，但这样没有任何用处。当时有四个人乘汽车经过这里，他们看到这个情景就停了下来，这场称得上是英雄的战斗，让他们都看得哈哈大笑起来，一直到我们觉得他们会把自己那辆让人讨厌的汽车笑翻。
不过事情的最终解决还是非常圆满的，虽然奥斯瓦德当时没有
看到这些。等汽车上的人笑得差不多的时候，他们重新发动了
车子，驴子听到汽车的隆隆响声，它就一声不响地走了起来，
而且事先没有和奥斯瓦德打个招呼，而奥斯瓦德好不容易才及
时离开车轮，没有摔倒在地上。

虽然那些乘坐汽车的人笑了很长的时间，他们的笑声听起
来那么冷酷无情，但是他们也得到了自己应得的，汽车出事
了。因为那个开车的人转过头来大笑的时候，没想到汽车突然
不听使唤了，一头撞到教堂墓地的石墙上去了。虽然没有人受
伤，但汽车最后还是给撞坏了，后来听人家说汽车停在铁匠那
里修了一天。也许是上天为了给奥斯瓦德报仇，因为他被气坏
了，虽然他没有受任何的伤——如果他受伤了，那些人也不会
在乎的。奥斯瓦德在村子的尽头追上了其他的伙伴，也实在是
因为驴子的脚步太慢了。最后，大伙儿又开心地继续往前
走了。

在村子的附近没有树林，一直到邦宁顿附近才有，所以我
们经过了好长的一段时间才找到，那里足够让我们躲藏。我们
到了那里，把那匹高贵的坐骑拴在一个路牌上，那是个指向去
阿什福德的路牌。我们朝四周看了看，发现周围没人，于是赶
紧拿出我们之前藏好的包裹，溜进了树林。你也许难以想象，
我们进去的时候还只是几个普通的孩子，但出来的时候我们已
经摇身一变，成为地道的吉卜赛人了。我们在出来之前，还向

那个造房子的詹姆森先生买了价值一便士的胡桃色颜料，还往颜料里掺上水——水是我们事先装在药瓶里带着的。看着现在大家从树林里走出来的样子，我相信这绝对是世界上第一流的化装。虽然我们知道这样的化装很难清洗掉，就像那次大家在丛林中玩游戏的时候一样，那段经历同样令人终生难忘，因为那次的化装都是我们用康狄液这种消毒剂涂在身上，最后才清洗干净。

我们穿上了那些漂亮的衣服，那可都是从桑德尔小姐家顶楼的宝藏中找到的，但是我们发现艾丽丝还有一个小的包裹没有打开。

"艾丽丝，那是什么东西呢?"多拉问道。

"这可是我最后的法宝了，用上这些就可以防止即使我们涂成这样也不能吸引别人来找我们占卦算命，"艾丽丝说，"不过现在告诉你们也没什么关系。"艾丽丝说完之后打开包裹，我们一看，原来里面是一个小手鼓、一些黑薄纱、一包香烟锡纸，居然还有我们之前没有找到的那几把梳子。

"天啦……"狄克看着这些艾丽丝所谓的法宝，立刻嚷了起来，而奥斯瓦德此刻就全明白了，因为他的鼻子可是非常的灵。他说："艾丽丝，你可真有一套，我真希望我能比你先想到要这样做。"

听了奥斯瓦德这两句漂亮的恭维的话语之后，艾丽丝的内心甭提多高兴了。"那当然啊，"她说，"我觉得这样来开场是最好的，可以将大家的注意力都吸引过来，然后我们再开始给别人算命，这样做的话你们肯定都能明白的。"艾丽丝说完这些之后，她就好心地向狄克、霍·奥和多拉解释，虽然他们不会在那么快的时间里明白过来，但我和诺奥尔差不多在同时反应过来她说的是怎么一回事了。"你们应该知道的是，假如我们用面纱蒙住自己的脸来吹我们的梳子，就不会有人看清楚我们吹的到底是什么乐器了，人家也许会认为那是普通的口琴，或者将它当作是遥远的东方的一种贵重的乐器。我想，在我们离开这里之前还是让我们先尝试着吹上几首曲子吧，这样才能保证我们现在手上所有的梳子都是可以用的。多拉手上的那把梳子的梳齿那么大，我真的担心会吹不响。"

于是我们将自己手里的梳子贴上香烟纸，先是吹了吹《英雄》这首曲子，但真的很难听，不过换成《留给我的姑娘》时，大家觉得要好听了一些，另外吹《邦妮——敦提》这首曲子时，大家感觉效果也还不错。不过到了最后，我们一致认为还是吹《胜利在望》和《纳尔逊之死》这两首曲子的效果最好。

不过奥斯瓦德实在无法忍受蒙着面吹曲子了，那样真的把自己给热死了，于是他把面纱掀掉了吹曲子。奥斯瓦德看着我们这些人蒙着面纱吹曲子的样子，他不得不承认，蒙着的面纱确实能带给人一种神秘的感觉，与仅仅只是吹梳子的感觉完全不一样。

大家练习了一阵子之后，我们都累得有点儿喘不过气来了，于是决定向我们的坐骑驴子学习。既然驴子都能那么安静地在那里吃着草休息，为何我们不能像它那样做呢？"我们虽然不能过于骄傲，但有的时候学学这个蠢东西也未尝不是一件好事。"多拉说道。

于是，我们就在树林里捡来树枝，并点起了火，大家围着火坐下，并开始吃午饭，尽量营造出一种吉卜赛人的生活情调。我们都化了装，而且穿着鲜艳的服装，一起围着小火，那场景真的是一幅美丽的图画。我想，如果我们是一群真正的吉卜赛人，在那种地方出生并成长，那一定是非常好看。我们静静地坐在那里，感受着吉卜赛人的生活情调，虽然烟熏得大家的眼睛有点儿难受，甚至连我们吃的东西都有一种烟味。

我们感觉树林里有点儿潮湿，也许是由于从火堆里冒出那么多烟的缘故吧。于是，我们就用化装时脱下来的上衣垫在地上，这样我们就可以放心地坐在地上了。在我们的驴车上还有一条马披，那是准备给驴子用的，不过此刻我们认为我们更需要那条马披，于是就跑过去把那东西拿了过来，并铺在地上，然后我们就躺在上面，感觉很舒服。

午餐进行得非常愉快，我们真的舍不得离开那种浪漫的气氛，于是故意拖延了很长的时间，最后是烟熏得我们实在无法忍受了才离开树林。

我们离开之前采集了许多的蓝铃草，小心翼翼地把地上的火踩灭了，因为我们都知道，千万不能让火烧起来引起森林火灾。等火灭了之后，我们就把换好的衣服包起来，从阴凉的树林里走了出来，重新来到阳光中，这一次我们真的成了一群谁都向往的穿着色彩鲜艳服装的吉卜赛人了。

在决定走这条路之前我们侦察过，那时候路上看起来白白的，没有一个人在行走。可是当我们开始前进时，发现路上居然有几个人，有的是徒步行进，有的是坐车行进，还有几辆马车从我们身边经过。

经过我们身边的人都朝我们看，但是在他们的脸上我们没有发现那种之前想象的带有惊讶的神情，最多也就流露出一种兴趣而已，但表现得并不粗野。对于英国人来说——突然看到不同寻常的东西时做出这样的表现，已经是非常少见了。

我们非常有礼貌地向一个人打听这里的状况，他穿着黑色星期日服装、打着蓝领带。我们问他大家走的方向是哪里，因为此刻大家走的是相同的道路，这条道路看起来有点儿像是去教堂，却好像又不是，因为时间上不对，今天可是星期四。

那个人说："我觉得大家去的地方也许和你们去的是相同的吧。"当我们再问他到底是什么地方的时候，他就没有回答我们了，只是示意我们跟着大家一起走，我们能做的也就是跟着他了。

后来我们在路上碰到了一个戴着女帽的老太太，我从来没有见过那么重那么高的女帽。她向我们吐露了秘密，我们这回明白了，原来今天威洛比·布洛克森爵士要在自己的大花园里举行樱草节庆祝会。

于是我们一致决定去那里。"我曾经参加过樱草节庆祝会，多拉，你也曾参加过的。"奥斯瓦德说，"也许人们对过节没什么兴趣，但他们也许会花钱来请人算命。何况在这种节日里，全村的人都会参加的，留在家里的也就是一些婴儿和照顾婴儿的人了。"

一路走了过去，我们发现人越来越多，最后，当我们到了威洛比爵士府的大门口的时候——门柱上雕有一头趴着的狮子，这时，有人叫我们把驴车赶到一个有马厩的院子里去，要知道，我们也巴不得这样做。当时有一个直挺挺的马夫不得不弯下他那骄傲的腰来到贝茨家的驴子面前时，我们真的感到非常的自豪。

"我感觉有点儿像是……"艾丽丝还没有说完，诺奥尔已经迫不及待地说了出来，"有点儿像在王宫里接待外国王子。"

"我们可不是什么王子，此刻我们就是吉卜赛人。"多拉一边说着一边给诺奥尔扎紧围巾，那玩意儿总是松下来。"我想吉卜赛人也有王子的啊，"诺奥尔说，"因为吉卜赛人也有国王。"

"首先，你不是什么王子。"多拉说，"站好了，不要再扭来扭去了，你这样我怎么也不能给你扎好围巾的。我们都知道，有的时候那些阿猫阿狗也会选出一个国王来。""我觉得不是这样的，"诺奥尔说，"在做国王之前肯定先是王子，就像猫成为大猫之前必须是一只小猫，或者一只大狗之前做的肯定是一只小狗，或者一条蛇在成为大蛇之前先得是一条小蛇，或者……"

"那么瑞典国王呢？"多拉正要接着往下说的时候，一个胸前的纽孔里插着那种要参加婚礼才用的白花的男子朝我们走了过来，他看起来很优雅而且瘦瘦高高的，他对我们说道："谁来表演啊？呃！"

"毋庸置疑，今天来给大家表演的肯定是我们啊。"我们异口同声地说道。

"你们是被邀请来的吗？"他问道。我们说不是，不过我们希望他不要介意这种自我推荐的方式。

"你们能表演些什么呢？是杂技？还是表演走绳索呢？你们穿的是漂亮的缅甸服装啊。"那个人说道。

"是的，哦，不对，不是那样的。"艾丽丝神情庄重地说道，"我现在向你介绍一下我们，我叫蔡德，是一个来自东方的神秘的大预言家，其他的人也很神秘，不过他们的名字还没有定下来。"

"哦，我的天啦！"那位先生说，"那你们到底是什么人呢？"

"我们的名字就是我们的秘密，"奥斯瓦德很庄重地说道，然而艾丽丝却说道："不过我也不介意跟你说实话，因为我感觉你是一个好人。实际上，我们是巴斯塔贝家族的孩子，现在为了能给一个很穷的熟人挣点儿钱补贴家用——当然，我们是不能将那个人的名字说出来的。因为这样，我们就去学会了占卦算命，而且我们确实学了。你觉得在庆祝会上有人会让我们给他们算命吗？毕竟大家在庆祝会上常常有无聊的感觉，对吧？"

"我的天啦！"那位先生接着说道，"天啦，原来是这样的啊！"他说完之后就陷入一阵沉思。

"你看，我们还带了用来助兴的乐器呢，"诺奥尔说，"我们现在就给你表演一下，怎么样？"

"在这里就不用演奏了，"那位先生说，"你们还是跟我来吧。"他带着我们朝灌木丛的后面走去，当我们走到一个旧凉亭的时候，我们请他在外面等一会儿。

我们在凉亭里披上面纱，然后吹起了梳子："瞧，瞧那些胜利……"但是那个人打断了我们的演奏，走到凉亭里叫道"非常精彩……哦，真的已经非常精彩了！现在你们过来给我算算命吧。"于是艾丽丝摘下面纱，看着他的手相。

"在不久的将来你会去一个遥远的地方，"艾丽丝说，"而且你还能获得巨大的财富和荣誉，除此之外还能娶到一位美丽的小姐——那是一位非常善良的女子，书上就是这么说的，不过我认为还是用美丽的女子来表达听起来更加好，你说呢？"

"说的完全没错，不过要是我去给人家算命的话，我是绝对不会跟人家提到相书的事情的。"那位先生说道。

"放心吧，一般我也不会说到的，但除你之外。"艾丽丝说，"那位小姐不但很富有，还很温柔，在未来的路上会出现许多艰难险阻，但是你一定要坚持走下去，要做到勇往直前，这样你才能战胜你的敌人。而且你在未来一定要提防一个阴险的女人——这个人极有可能是一个寡妇。"

"我会的，"他说，艾丽丝突然停了下来。"就这些了吗？"那位先生问道。

"不，你不仅要提防一个阴险的女人，还要避开那些酒鬼和赌徒，所以你将来在交友中一定要非常的小心谨慎，否则很容易交上坏朋友，那会毁了你的前程。差不多就这些了，不过可以看出来你很快就会结婚，你会和自己心爱的妻子白头偕老，生十二个儿子和……"

"行了，行了！"那位先生说，"从我目前的收入状况来看，养活十二个儿子是没有任何问题的，不过我现在告诉你，你做得非常好，如果你能将语速变得更加缓慢一些，而且每次说出什么事情之前都不要装作自己是在思考，这样比较理想。我首先要声明，今天庆祝会上的所有活动都是免费的，你们想给人算命赚钱的念头会落空的。"

我们听了这句话之后，大家都紧锁眉头。

"再说，"他继续说了下去，"那里已经有一位算命的太太在花园的一个帐篷里。"

"我们还是回家吧。"狄克说。

"不，"那位我们刚认识的朋友说，接下来他要做的事情就是去证明他已经是我们的朋友，"那位给大家算命的太太今天不会工作，她有点儿头痛。你们现在如果真的想去给人家算命，就像刚才给我算命那样，那我付钱给你们——就这么决定下来吧——今天你们辛苦工作一下午，我会付两英镑给你们，这样可以吗？你们说说啊？"

我们当然双手赞成这样的安排啊。

"我们出来的时候用药水瓶带来了一些科隆香水，"多拉说，"我弟弟诺奥尔有的时候也会头痛，不过今天他肯定不会有事的，所以你把这个拿过去，说不定对那位太太的头痛有点儿帮助。"

"我自然会照顾好她的头痛，"他哈哈大笑，但还是把瓶子接了过去，并对多拉说了声"谢谢"。

他让我们等在那里不要走开，因为他要去安排一下，于是我们就待在那里，但此刻我们的心不停地怦怦地跳着，在等待的时候把那本相书拿出来拼命地再读了一遍，为接下来的算命做好准备。但最后我们的努力是白费了，因为那位先生回来后对艾丽丝说：

"实在不好意思，只能允许你和你姐姐去里面，因为我看到那里有块牌子，上面写着'吉卜赛公主埃斯梅拉达，看手相算命。'这样的话就没有其他男孩子们的事情了。不过他们可以去做侍从——那是要保持沉默的——就这样决定吧。孩子们，听我说，你们肯定会好好干的，对吧？记住，胆子一定要大，一定要坚持下去，此刻我虽然无法告诉你们这样做是多么的重要，尤其是对于那位头痛的太太来说。"

"我想这个阴凉的地方应该是头痛需要安静休息的人待的。"多拉说。事实确实是这样，因为灌木丛里非常隐蔽，没有道路可以通到里面。

"我的天啦！"那位先生重复说道，"是这样的，你说得完全正确。"他带着我们走出灌木丛，穿过花园。花园里到处都是人，他们看到那位先生经过时，就拿自己的帽子和他的帽子相互碰碰算是行礼，他则很严肃地还礼。

写着"吉卜赛公主……"几个字的帐篷外面有一位太太，她戴着帽子，穿着防尘罩衫。尽管如此，我们还是可以从罩衫下面看到那些亮晶晶的装饰片。"现在，"那位先生对狄克说，"你就站在门口守着，每次只能让一个人进去。其他的人可以用你们手上的乐器给新进来的人吹两声——千万别忘了，只要吹两声就行了，因为你们那走调的音乐实在太刺耳了。好了，这是两英镑。你们今天要干到五点，到时你们会听到马厩里的钟声。"

我们走近了才看清楚，那位太太面色苍白，眼睛下面都发黑了，奥斯瓦德觉得那位太太的眼睛似乎红了。看到我们走进去，她想要说什么，但那位先生马上就制止了，说道："请你相信我，埃拉。很快我就会向你解释清楚，你现在要做的就是到那个旧的凉亭里去，你知道那个地方的，不用多久我也会去那里的。不过我要先去后面拿点儿饮料，而你则可以从树林中悄悄地离开这里，记得裹紧你袍子上的斗篷。孩子们，再见了，哦，稍等片刻，可以告诉我你们住哪儿吗？我以后会写信给你们的，到时告诉你们给我算的命准不准。"

他走到我们身边，跟我们每个人都拉了一下手，然后转身走了。当然，我们一直坚持在那里，整个下午都在那个沉闷的帐篷里给人算命，而外面有很多好东西吃，人们也在享受着这个节日，想来这件事远没有我们期望的那么好玩。不过话说回来，我们已经收了人家的两个英镑，我们就应该老老实实地用自己的劳动来换取。算命就是这样，不可能总是给每个人说出相同的命运，而且那天来的人真的很多。我们的两个姑娘轮流给那些人算命，非常的辛苦，以致奥斯瓦德都没想明白，为何她们两个没有生出白发。当然，不可否认的是，她们两个所获得的乐趣远远超出我们，因为我们能做的事情有限，如果没有吹梳子，那就只能装哑巴了。那些请我们算命的人刚开始还取笑我们，认为我们这么年幼，怎么可能懂得那么多呢，但奥斯瓦德用那种老成的语气跟他们说，我们已经和埃及的金字塔一样苍老，而且艾丽丝看上去显得比她实际年龄大了很多，因为她拿出塞在狄克红大衣里的头巾包在了自己的头上。

就在马厩里的钟敲响四点三刻之后没过多久，一位老先生走了进来，他留着八字胡须，我们后来才知道他就是威洛比爵士。

"布洛克森小姐去了哪里？"他盯住我们问道，而我们则老老实实地说不知道。"那你们在这里待了多长时间？"他继续问道，看起来非常生气。

"从两点钟开始就在这里了。"艾丽丝神态自若地回答道。

我觉得这位老先生说出来的每一个字都不大符合一位准男爵的风度，至少我是这样认为的。"你们这些人是谁带过来的？"我们把带我们过来的那位先生的容貌给他描述了一番，那位准男爵又说了一句话，我们认为有失他的身份。"该死的卡鲁！"他又加了一句，接下来还骂了几句。

"有什么地方不对吗？"多拉问道，"我们能帮你做点儿什么吗？如果用得着我们，我们可以在这里多待一会儿，如果你需要的话……我们可以帮你找到之前待在这里给人算命的埃斯梅拉达女士。"

"恐怕是再也找不到她了，"他非常生气地说道，"难道你们还想在这里多待一会儿！还不趁我没有将你们当作无赖关起来之前赶紧离开这里，我不想再在这里看到你们！"

说完之后，他非常生气地离开了我们。我们想了一会儿，觉得还是接受他的建议，绕路来到后面的马厩，这样可以避免再次遇见他而激起他那无法控制的怒火。我们在马厩里找到了我们的驴车，赶着它回家去了。我们高兴的是不仅收获了两个英镑，还能为我们今后的生活增加一些聊天的材料。但是我们自始至终没有搞明白，即使像奥斯瓦德那样聪明的人也没有想明白，我们到底卷入了什么事情当中，直到有一天我们收到一个粉红色锦缎盒子后，我们才终于明白了。那个盒子里装了三瓶香气扑鼻的香水，而且是最高级的那种，信封上的邮戳是外国的，香水是寄给多拉的。盒子里还有一封信，内容是这样的：

亲爱的吉卜赛小朋友们：

首先我谨奉还你们这些好心的孩子们借给我的香水，那位女士也确实用了一些你们赠送的香水，但我后来终于发现，原来她最需要的快乐是到国外去旅行。于是，我们赶上四点五十分的车子来到城里。现在的我们就如同你们所预言的那样，结婚了，并决定白头偕老。总而言之，如果没有你们的帮助，我是不可能实现自己的好运，因为我身边的妻子的父亲，也就是你们见过的威洛比爵士，他认为我还没有足够的财力娶他的女儿为妻。可是你们也看到了，其实我是有这个实力的。给你们写这封信，我和我的妻子一起由衷地感谢你们所给予的好心的相助。另外，我真心希望自己没有给你们带来什么大的麻烦。我之所以说要你们干到五点，那全是为了能赶上火车的缘故。祝好运永远相伴你们，不胜感谢。

忠实于你们的

卡里斯布鲁克·卡鲁

　　故事讲述到了这里，我想，如果奥斯瓦德能猜到事情的结果是这样的话，那我们无论如何是不会为了帮助桑德尔小姐赚两个英镑而那样做的，因为奥斯瓦德一向反对结婚的。所以，如果他能猜到这件事，他是绝不会去做一个帮助别人结婚的工具的。

12

那天，我们收到了父亲的来信，信中是这样说的：

亲爱的孩子们：

桑德尔小姐有个姐姐，她已经结婚，刚刚从澳洲回到家里来，我想她会感到非常的疲劳。不过你们肯定会说，经过这么漫长的旅途，疲倦是正常的啊。所以，此刻她正准备到林教堂来休息。现在，我向你们提一个要求，希望你们全部安安静静地待着，我知道你们这些小家伙平时的习惯，绝对不会有一点儿的安静，我说得不会错吧？当然，假如一直是晴好天气的话，你们确实可以将大部分的时间用在玩耍上，但是你们待在屋子里的时候，可一定要做一个听话的孩子，一不大声吵闹，二不乱扔靴子，特别是霍·奥的靴子。拜斯克太太（也就是桑德尔小姐的姐姐）曾经游历过许多国家，也曾经差点儿在旅途上被食人族给吃了，所以你们就不要吵着要她给你们讲故事，她星期五就要过来了。上次我收到艾丽丝的来信，她告诉我说你们高高兴兴地过了一个樱草节，我为你们感到特别高兴。请告诉诺奥尔，一定要把自己想写的字拼写正确，而不是用一种‘想当然’的方式来对待。另外，我还给你们邮寄了十先令，就当作是零花钱。最后，我再次重申一遍，一定要让拜斯克太太得到安静，让她在安静中多休息一会儿。

爱你们的父亲

还有，如果你们想让我给你们寄些什么东西的话，就告诉我，我会让拜斯克太太顺便带过来给你们。前几天我在外面吃午饭的时候还遇到了你们的朋友雷德·豪斯先生（即红房子先生）。

当我们中的一个人把这封信大声读完之后，我们每个人又轮流读了一遍，然后大家就陷入了沉默。

"我真的不知道要怎样做了，"霍·奥说，"我到底要怎样做才能让爸爸从此不再拿我的靴子说事呢？"

"也许我能说出一个法子，但那样说不定会更加糟糕，"狄克说，"爸爸不是只说了我们可以到房间外面去吗？难道就想不出更好的法子了吗？"

"方法还是有的，"艾丽丝，"方法嘛，无非就是要让那个可怜的拜斯克太太高兴起来，要做到每时每刻都不离开她，我们可以轮流讲笑话给她听，讲那种能逗人笑的笑话，一分钟都不停下来。噢，你也许能讲得不错，也许会讲得很糟糕，甚至糟糕得一塌糊涂。"

"既然是爸爸的安排，他让我们整天待在外面，那我相信我们可以做到更好，我们可以将手里的两英镑翻倍，说不定还能变得更多。"奥斯瓦德说，"这样吧，我们先来想想谁去火车站接她呢？毕竟这里是她妹妹的家，我们跟这家人虽然无亲无故的，但我们住的时间长了，还得礼貌地对待来客。"这些话听起来完全正确，但还是没有人愿意去火车站，无奈之下，随时准备孤注一掷的奥斯瓦德只好去火车站接她了。

我们把拜斯克太太来这里的事情告诉了比尔太太，她于是去准备了一个房间，尽一切可能把房间里的东西擦得干干净净的，直到房间里只能闻到湿木头和云纹肥皂的气味她才停了下来。我们也要把自己的房间打扫干净布置好，这花了我们好大力气。

"说不定她会想要一些漂亮的东西，"艾丽丝说，"毕竟她来自一个有鹦鹉、浣熊、胶树等许多东西的地方。"

经过一番热烈的讨论后，我们想去我们熟悉的"古船"旅馆的酒吧里去借一只野猫标本，但后来我们认为那是不合适的，因为即使是装饰品也必须是那种能让人觉得宁静的东西。野猫标本虽然只是标本，但它终究是野猫。于是我们去向人家借来一只装在玻璃盒里的鳊鱼，并放在衣柜的上面，它看上去是那么的安静。另外，空的海贝壳也是非常适合放在房间里的，比尔太太叫我们去她的小衣橱上拿了四个大的过来。

当我们这些男孩子在做这些事情的时候，女孩子们则到外面去采摘一些鲜花，有蓝铃草、白色五叶银莲花。最初我们是想将一些罂粟花或者毛莨花放在衣柜上，但我们觉得那些花的颜色显得过于鲜艳了。我们还打算在房间里放几本书，方便拜斯克太太晚上休息时阅读一会儿，我们觉得还是应该去找那些读起来给人一种宁静感觉的书籍，例如《谈睡眠十四行诗》《吸鸦片者的忏悔》《众神的黄昏》《梦想者日记》《静静的水岸》。姑娘们还用灰色的纸把书包起来，因为有的书的装帧实在过于花哨。

姑娘们还在五斗橱和梳妆台上面铺了灰色印花布，男孩子们则把百叶窗再次放下来一半。当这一切布置好了以后，这个房间看起来是多么的安静，就像一个让人栖息的旅馆。我们还在房间里放了一个钟，但是没有给钟上发条。"她自己会给钟上发条的，"多拉说，"如果她觉得自己能受得了钟的嘀嘀嗒嗒声的话。"

奥斯瓦德则去火车站接拜斯克太太了，他上了马车后就坐到了赶车人的旁边。其他的孩子看到奥斯瓦德坐在车上，我觉得他们此刻一定非常后悔自己没有亲自前去火车站接她。而奥斯瓦德则又享受了一趟乘马车的快乐，当他到达火车站的时候，火车也刚好进站。

奥斯瓦德从人群中一看就认出了拜斯克太太，然而要不是事先知道了她是一个多么喜欢安静的人，他会觉得拜斯克太太是一个充满活力的人，至少从外表看上去是这样。她一头短发，戴着眼镜，穿的裙子也很短，手里还拿着一个鹦鹉笼子。之前我们曾写信给爸爸，让他托人把那只鹦鹉和平切儿（也就是我们的小狗）带过来，没想到是她把它们都带了过来。

"如果我没有认错的话，你就是拜斯克太太了。"奥斯瓦德走了过去，说完这句话之后，他就恭恭敬敬地接过她手里的鹦鹉笼子和她的手提包。

"嗨，你好！"她说出来的话语听起来非常的轻快，对于一个经历长途劳顿显得疲倦的太太来说，她在努力地保持着微笑，奥斯瓦德认为她是一个高雅的女士。

"你是奥斯瓦德，还是狄克？"她问道。

奥斯瓦德很平静地告诉她自己是谁，就在他们对话的时候，平切儿从狗箱里钻了出来，发疯似的向奥斯瓦德扑了过来，差点儿就扑到他的怀里了。大家都知道，平切儿可不是只安静的小狗，何况它也不知道安静是什么。在即将返回的时候，奥斯瓦德一边不停地低声安抚平切儿，一边带路登上了"古船"旅馆的马车。奥斯瓦德先是把鹦鹉笼子放在马车里面的座位上，然后默默地拉住那扇打开的车门，彬彬有礼地让拜斯克太太先上车，再尽一切可能安静地把车门关上，正要坐到赶车人旁边的座位时，拜斯克太太对他说："噢，难道你不坐到车子里面来吗？过来啊。"

"哦，我就不过来了，多谢啦！"奥斯瓦德说道，轻得如同老鼠所发出的轻细声音。如果忽略了马车的叽叽嘎嘎声和晃来晃去的声音的话，旅途是很安静的。在赶车人的座位上，奥斯瓦德和平切儿可是尝到了"久别重逢的快乐"，和小说里描述的一样。赶车人看着平切儿，说这小家伙真听话，这是一次快乐旅程。

留在家里的那些安静整洁的孩子们就没有奥斯瓦德这么开心了，他们此刻非常的辛苦，站在房间的外面排成一列准备迎接拜斯克太太。最后，当拜斯克太太出现的时候，他们用平和的声音一起说："你好！"看上去大家都是非常的规矩老实，之前我还没有看到过比这更懂事的孩子们。

拜斯克太太进入她的房间之后直到下午茶的时候才出来。

拜斯克太太来到餐厅的时候，大家已经梳洗得干干净净，安静地围坐在餐桌周围等待。我们把靠近茶盘的位置留给拜斯克太太。等她坐好后，她对多拉说："你可以给我倒茶吗？"多拉用非常温柔并且很轻的语音回答："如果你需要的话，我非常高兴为你倒茶，太太。"说完之后她也这样做了。

我们都静静地相互递给对方牛油面包、果酱和蜂蜜，非常礼貌地做着这些。当然，大多数的时间是我们在看着拜斯克太太，看着她吃东西。

"你们在这里过得开心吗？"她问道。我们还是用温和的语气告诉她："很开心，多谢！""能告诉我你们平时都做些什么吗？"她又问道。

我们可不想告诉她我们过去所做的一切事情，免得她会为此激动，因此狄克喃喃地说道："没有什么特别的。"而艾丽丝则说："有的时候大家也会做一些不一样的事情。"

"能不能说出来给我听听啊？"拜斯克太太用邀请的口吻说。但是，大家再次陷入沉默，她也只能叹了一口气，并把杯子递到艾丽丝面前，让她加点儿茶。

"你们有没有害过羞呢?"她忽然问道,"过去我就害过羞,而且是特别的害羞,尤其在陌生人面前。"

听到她这样说,我们开始喜欢上了她,艾丽丝则对我们小声说,希望她跟我们在一起的时候不要感到害羞。"我也希望自己不会害羞,"她说,"你们不知道,我在火车上碰到一个滑稽的女人,她有十七个包裹,因此她总是在数那些包裹,其中一个包裹里有一只猫,每当她开始数的时候,那只猫就躲在座位底下,因此她总是数错。"说实话,我们其实很想听听那只小猫的故事,特别是猫的颜色、大小。

可是奥斯瓦德则认为,拜斯克太太之所以说这个故事,那是为了逗我们大家,让我们不会有害羞的感觉,因此他说:"拜斯克太太,你还要来点儿蛋糕吗?"关于猫的事情就不再谈起了。

拜斯克太太看起来十分体贴人,在吃茶点的过程中,她不停地跟我们说起平切儿、火车甚至澳大利亚。但是,我们都觉得她此刻最需要的是安静,既然她如此需要安静,那么我们这些小家伙只好忍住对浣熊、鸸鹋、袋鼠和食蜜雀的强烈的好奇心,只是简单地回答着"是"或"不是",其他时间里都是保持安静。

等大家吃好茶点之后,我们就如同"融化的雪"一样,全都消失在拜斯克太太眼前,一起来到海边举行喊叫比赛。由于刚才一直在用温柔的声音说话,大家感觉自己的喉咙里像是塞满了羊毛。奥斯瓦德赢得了最后的比赛。到了第二天,我们还是非常小心地说话，为了不要吵到拜斯克太太。所以除了吃饭的时间，我们都是不说话的。但是在吃早餐的时候，拜斯克太太又想和我们谈话，而我们还是只做忠实的听众，安静且彬彬有礼地把胡椒、盐、芥末、面包、吐司、黄油、果酱，甚至辣椒粉、醋和油传过来传过去，拜斯克太太看到我们这样，也只好和我们一样安静地吃东西了。

我们还轮流在屋子外面守着，并把那个在街头卖艺的手风琴师也打发走了。因为我们告诉他不能在这幢房子前面演奏手风琴，屋子里有一位从澳大利亚来的太太需要安静。听我们这样说了之后，他就走了，但这免不了要花掉我们一些零花钱，因为一个手风琴师不是那种拿两个便士就可以打发走的人。

而到了晚上，我们也很早就睡觉了。总是这样静悄悄地生活，我们开始感到非常的厌倦，不过我们都知道，我们应该尽到自己的职责，而且我们也喜欢那种完成使命的感觉。

接下来的一天里，这里发生了一件事，杰克·李受伤了。杰克就是那个经常独自赶着一辆敞篷马车在乡下走来走去，专门卖些别针、梳子或者煎锅之类的东西的人，这些东西也是农妇经常急需的，而方圆几英里内又没有专门的店铺。在我看来，杰克这样的生活应该是非常美好的，我都很向往过他那样的生活。

说起杰克的伤，那是有一天他收拾好自己的车准备回家时，一只脚刚放在轮子上要上车了，突然呼啸的过来了一辆汽车。我一直觉得这里的汽车非常野蛮。结果也就可想而知了，当时马受到惊吓跑起来了，可怜的杰克就被狠狠地摔在地上，伤得很重，人们只好帮他去请了医生来。我们作为他的街坊，自然要问杰克太太，看我们能不能为他们做点儿什么——例如我们可以帮他们赶着车子到外面去卖东西，可是杰克太太说用不着。

但是狄克突然来了灵感，对我们说："我们自己为何就不能拿着东西去卖呢？用贝茨家的驴子，如何？"

虽然奥斯瓦德也想到了这个主意，但是觉得从公平的角度来说，他承认是狄克先说了出来的，大家都很赞同狄克，说这是一个好主意。

"不过，我们要是这样做的话就需要装扮一下，对吧？"霍·奥询问道。但是大家都觉得没有这个必要，因为化装是为了好玩，但我从来没有听说过一个去卖东西给那些农妇的人要把自己装扮得很漂亮。

"我觉得去卖东西的时候穿得越破旧越好，"艾丽丝说，"穿着旧衣服出去显得比较自然，我们不是有很多普通而且很合适的衣服吗？可是我们到底要卖些什么呢？""别针、缝衣针，还有带子和发卡。"多拉说。"还有黄油，"诺奥尔说，"没有黄油的生活简直太可怕了。""蜂蜜也不错啊，"霍·奥说，"还可以弄些香肠来卖。"

"杰克那里还有现成的衬衫和灯芯绒裤子，那些农民的衬衫和裤子说不准随时会被弄破，"艾丽丝说，"要是没有新的衣服，那些农民就只能睡在床上，等到衣服缝好了才能出去。"

而奥斯瓦德则认为农村里谷仓和农具容易坏，在修理时会经常用到铁钉、胶水，甚至还有绳子等。狄克居然说："我觉得还可以卖一些画，例如那个女人在汹涌大海上紧握着十字架的画，我觉得很好。因为杰克曾经告诉过我，说这种画比其他东西都要好卖。我想有的时候有些人在家里会把画一不小心给弄破了，而家里要是没有那些画就显得不像一个家。"

　　我们一起来到芒恩的店铺里，分别购买了一些别针和缝衣针、带子和发卡、一磅黄油、一大瓶蜂蜜和一大瓶果酱，还有铁钉、胶水、绳子。可是画着拿十字架的女人的画没有。衬衫和裤子太贵了，我们都不敢冒险买回来。于是我们就买了十八个便士的马笼头，考虑到万一有哪个农民的宝贝马匹逃走了，就可以用这东西把它捉住。我们还买了三把开罐刀，因为在有的农场里干活的人全靠吃罐头来生活，说不定不小心把开罐刀掉到井里去了，那他们就需要重新买一把。我们还买了一些东西，尽可能是人家需要的。

　　那天吃晚饭的时候，我们对拜斯克太太说，第二天我们要到外面去一整天，她听了我们的话之后一直就没怎么说话，过了一会儿，她才问我们："你们要去哪里呢？是不是要去星期日学校啊？"

　　今天是星期一，我们都觉得她那可怜的脑子走神了——也许是想要安静的结果吧。房间里有一股烟草味，我们猜想可能是有人曾经来看过她，对她来说则过于吵闹。于是奥斯瓦德用温柔的语气说："不是。"

听奥斯瓦德这样说，她叹了一口气，说："明天我刚好也要出去一天。"

"希望你出去不要太辛苦了，"多拉说，语气也是非常的温柔，并且显得彬彬有礼，"如果你需要买什么东西的话，我们可以帮你买，要知道，我们非常乐意帮你做这些事情的，这样你就可以在家里舒舒服服、安安静静地度过一天。"

"太感谢你们了。"拜斯克太太只是简单地说了一声，但我们能看得出来，她是一个会按照自己意愿去做事的人，无论那样对自己好不好。

第二天早晨，拜斯克太太比我们先出发离开房间，而我们则小心翼翼地做着事，安静得像老鼠，直到"古船"旅馆的马车载着她离开了很远，我们听不到马车的声音了，接着我们就再次举行了一回喊叫比赛，这一回诺奥尔赢得了比赛，他用的可是那种火车头似的尖叫。比赛完了之后，我们就把贝茨的驴子和车牵了过来，把我们的货物放在上面，然后就出发了。还是和过去一样，有的人坐车，有的跟在后面跑步前进。

那种能显现一点儿体面模样的衣服很快就被沿途的灰尘遮盖了，更惨的是我们的衣服上还沾上了姜汁啤酒，那是由于车子猛烈颠簸而弄出来的，之所以会这样，那是因为我们的车子没有弹簧。

到了第一个农场我们就停了下来，确实有一个女人需要别针之类的东西，看起来她好像有点笨拙，但她却在缝一件粉红色的上衣。我们建议她再买一些带子，将来说不定可以用得上，但她说只喜欢纽扣，带子就用不着了，并向我们表示感谢。

可是当奥斯瓦德说："布丁绳子很不错啊，毕竟你不能一直把布丁当枕头用纽扣扣住啊！"她听到这句话后，就决定买一些，虽然买了很多，但也才花了她两便士。

但是，当我们到了第二个地方的时候，碰到了一个女人，她居然说我们是"骗子"，叫我们赶紧走开，并放狗出来赶我们。直到平切儿从车子里跳出来，她才把自己的狗叫回去，但已经晚了，平切儿已经和那只狗打成一团了。我们可是费了好大的劲才把两只狗分开，然后那个女人就回到屋里，砰的一声关上了门。于是我们继续上路，在毛茛和五月的丛林中穿过绿色的沼泽地。

"我至今还没有想明白她为什么说我们是骗子。"霍·奥说。

"你还没明白她的意思？那是因为她透过我们破旧的外衣看出了我们身上的高贵气质，"艾丽丝说，"这种事可是经常发生的，特别是对于那些王子，世界上最难隐藏的东西就属于高贵气质了。"

"我在想，"狄克接着说，"我们到底要不要跟人家实话实说呢？不说也许没什么，但这一次也许说出来比较好。要是人家知道我们为什么来卖这些东西，他们说不定会很高兴来帮助我们做好事……你们认为呢？"

到了下一个有大半部分隐藏在树林间的农场里，有点儿像

《聪明的苏珊》那本书开始的插图那样——我们把驴子拴在院子的门闩上，然后就去敲门。这次出来开门的是一个男士。多拉看着他说："我们是诚实的生意人，今天我们来这里卖这些东西主要是想帮助一位贫穷的女士，你要是能买点儿东西那就是帮了我们一个大忙了，像你这样的好人是不会拒绝那样做的吧？这可是一个善举，你以后每当想到这次善举就会特别的高兴。"

"我的天啦！"这是一个红脸却留了一圈白胡子的人说道，"如果说我见过步行传道的，那就是你了！"

"她不是来传道的，"奥斯瓦德赶紧说，"她这样说只是因为她的表达方式不同而已，不过我们真的想通过卖一些东西来帮助人家，绝不会骗你，先生。如果我们这里有你想要的东西，那再好不过了，要是没有的话，就当向你问候一声，我想你不会介意吧，先生？"

听到有人叫他"先生"，那个长着络腮胡子的人显得非常高兴——这是奥斯瓦德意料之中的。他仔细看了看我们的东西，然后买了那个马笼头、两把开罐刀、一瓶果酱、一团绳子和一副裤子背带，这加起来有四先令两便士了，我们非常的高兴，似乎我们的生意走上了正轨。

时间过得非常快，马上就要吃饭了，而首先想到要吃饭的是霍·奥，他居然哭起来了，说自己不想这样继续玩下去了，这时我们才发现忘记带饭出来了。这样的话我们只能吃干粮了——果酱、饼干和黄瓜。

"感觉自己终于又活过来了，"艾丽丝在喝完她最后一滴姜汁啤酒之后说，"在山的那边有一个村子，我们去那里把剩下的东西卖完，然后把口袋里装满钱就回家。"

　　好运似乎没有一直伴随我们，很多事情往往就是这样。东西卖到这个时候，我们内心已充满希望，一整天我们从来没有如此快活过。重新前行时我们的车子里和周围都响彻着欢笑声和歌唱声，整个大自然似乎都和我们一样喜洋洋的，树木和道路没有任何的不祥征兆。

　　据说狗有一种天生的本能，对于即将到来的危险能有所感知，并会警告人们，可是我们的平切儿那天不知道为什么，它居然没有显示出这方面的本能。平切儿一个劲儿地在树篱边跑来跑去，显得非常的快活，我们还以为它是在和黄鼠狼或者白鼬闹着玩儿呢。不过话说回来，这里是没有什么丛林野兽的，平切儿也只能想象一下有许多动物出现了。

　　我们一路欢快地来到了那个村子，满怀期待地敲响了第一家的门。

　　艾丽丝已经在一个篮盖上摊开了几样宝贝：缝衣针、别针、带子、镜框和有点儿融化了的黄油，还有最后一把开罐刀，就像鱼贩摆出鲱鱼、鳕鱼、李子、苹果那样。（在乡下，卖鱼的同时不能附带着卖水果。本书作者不知道为什么不能这样做）

　　此刻，整个大地阳光普照，天空也是蔚蓝色的，完全没有任何晴空霹雳的征兆，甚至在那扇门打开时也没有。一个女人打开了门，看着我们篮子里的那些东西，她露出了微笑。看到她的微笑，我们以为又有生意可做了。可是她突然转过头朝屋子里喊道："吉姆！"

这时，屋子里传来了一生咕哝声，还没睡醒的样子。

"吉姆，出来！"她又叫了一遍，"你赶紧出来。"一会儿，那个叫吉姆的出来了，对于那个女人来说，这是她的吉姆，因为我能猜到她是吉姆的妻子，可对我们来说，他就是一个警察，头发看起来比较蓬乱，因为他刚从那张可恨的沙发垫子上爬起来——上衣的扣子都还没来得及扣好。

"发生什么事了？"他问道，声音有点儿沙哑，好像刚才在梦乡里患了感冒，"你难道不能让我躺下来读会儿报吗？"

"你不是让我这样做吗，"那女人说，"你说要是有人拿着东西到我们门口来叫卖的话，就把你叫出来，是这样吧？"

到了此刻，我们还没有意识到一场大祸即将降临，艾丽丝还在对那个女人说："你看看这些东西，来这里之前我们已经卖了许多，但是还留着这些非常好的东西，编织针……"艾丽丝的话还没有说完，那个警察已经快速地扣好了上衣扣子，站在我们面前用很凶的语气说道："请你们把执照拿出来让我看看。"

"执照？我们没有带在身上，"诺奥尔说，"如果我们今天约定好，明天我们会拿过来给你看。"诺奥尔以为那个人说的是他想买的货物。"废话少说，"这个现在看起来凶神恶煞的警察回答说，"我说的是你们的执照，赶紧拿出来。"

"我们这只狗有执照的，不过放在我们的父亲那里。"奥斯瓦德说，他一向很机灵，但这次似乎不够。

"我说的是你们做小贩的执照，你们这些小鬼。我说的是你们卖东西的执照，不要在这里装疯卖傻了。"

"我们可没有小贩执照。"奥斯瓦德说。这要是在小说的情节中，警察肯定会被奥斯瓦德的诚实感动得流泪，然后会说："噢，你是一个道德高尚的孩子！"并且会接着说，他只是提个问题试探我们诚实与否。然而现实生活和小说是完全两样的，我已经注意到这些不同之处了。此刻站在我们面前的警察就不会像小说中描述的那样做，他是这样说的："果然不出我所料，好，小家伙们，你们现在就跟我去见詹姆斯长官吧。我之前就接到命令，要把下一个违法案件送到他那里去。"

"案件！"多拉说，"哦，不要啊！我们可不知道这样做是违法的。我们不过是想要……""好了，"那警察说，"你想要说什么就去对治安官说，你说的一切将会成为呈堂证供。""我相信会是这样的，"奥斯瓦德说，"多拉，没必要跟他啰唆什么，走，我们现在就回家。"

那警察正在梳自己的头发，梳子已经掉了一半的齿，我们转身准备离开，但这没有用。还没等我们急急忙忙地爬上车，那警察已经抓住了驴子的缰绳。我们是不会丢下那高贵的坐骑的，再说它也不是我们的，而是贝茨的，这样的话我们就没有任何希望逃走了。不管怎样，我们只能和驴子一起跟着警察走了。

"拜托你们不要哭了！"奥斯瓦德坚定地低声说，"现在闭紧自己的嘴唇，然后深呼吸！我们决不能让他看到我们害怕了。这个人不过是一个乡村警察。我相信詹姆斯警官是一个绅士，他会明白我们这样做的用意。大家不要丢巴斯塔贝家的脸。听我说，现在排成一行……不，排成印第安队形最好，我们毕竟人少。艾丽丝，你要是还哭的话，我就永远不会说你表现得像个男子汉了。霍·奥，闭上你的嘴，没有人会伤害你的——因为你太小了。"

"我尽最大努力。"艾丽丝抽泣着说。

"诺奥尔，"奥斯瓦德继续说下去，这时候的他再次像过去那样展现出了他天生的领袖和将军的出色才能。"要坚强起来，记住拜伦曾经在希腊那个什么地方是如何为希腊人战斗的，他没有任何抱怨，他和你一样，是一个诗人！现在大家听好了，我们就把今天的事情看作是一场游戏。多拉，你的年纪最大，带头唱点儿什么，随便什么都行。我们往前走，就像行军那样，给这个鬼鬼祟祟的家伙看看，我们巴斯塔贝家族的人是勇敢无畏的。"

也许谁都不相信，我们真的开始唱起了歌，唱《英国步兵歌》，即使那警察叫我们不要唱，我们仍然没有停下来。

诺奥尔还说："唱歌用不着执照，又不是养狗和做小贩卖东西。"

"你们很快就会知道的。"那警察说。话虽这么说，但他拿我们也没办法，因为法律并没有禁止我们唱歌。

我们一直唱着，很快就感觉这样比开始的时候要好了一些，我们跟着贝茨的驴子和大车穿过几道树篱门，来到了两边有大树的车道上，然后来到了一座巨大的白色大房子前面，一看到房子，我们也就不再唱歌了。房屋前有一大片草地，有三位身穿蓝色和绿色的美丽裙子的女士坐在草地上。我们看到这些感到很开心，因为女士们一般不会表现得冷酷无情的，尤其是当她们年轻的时候。

　　那个警察把贝茨的驴子拴在大门对面的柱子上，然后去按门铃。此刻，我们的心跳得非常厉害，绝望地看着那些女士。忽然，艾丽丝发出一声大叫，这简直比印第安人作战时的叫声还要厉害。她一下子跑进了草地，抱住一位女士的腰。

　　"哦，太好了！"艾丽丝叫道，"哦，你就救救我们吧！我们并没有做错事，真的，我们绝对没有。"

　　这时候我们终于看到了，这位女士就是雷德·豪斯太太，就是我们一直非常喜欢的红房子太太。一瞬间，我们全向她那里跑了过去。在那个警察还没打开前门时，我们已经把我们所做的事情全部告诉了她。就在我们跑到她那里去的时候，另外两个女士很有礼貌地转过身，走到灌木丛里去了。

　　"没事了，没事了！"她拍着艾丽丝和诺奥尔以及其他人，轻轻地说，"不要再担心了，亲爱的孩子们，不要再担心了。我会去跟詹姆斯长官说清楚的，现在你们要做的就是舒舒服服地坐下来，先缓口气吧。很高兴能在这里看到你们大家，我先生前两天才和你们的爸爸吃过饭，我也正准备去你们家探望你们呢。"

大家也许无法想象我们此刻的心情，我们是多么的高兴，内心也是多么的安稳，因为我们找到了一个人，她知道我们是巴斯塔贝家的孩子，而不是那个警察所想象的小流氓。

这时候，门打开了，我们看到那个警察和开门的人说话，接着他就向我们走了过来，满脸通红。

"请不要打扰这位女士，"他说，"赶紧跟我走，詹姆斯长官在他的书房里等待，他会给你们做出审判的，我相信一定会的。"雷德·豪斯太太站了起来，我们也跟着站了起来，她好像没什么事似的，微笑着对那个警察说："早，巡官！"

那警察露出又惊又喜的表情，我想他肯定会惊喜，因为他要想当上巡官还早着呢。"早，小姐。"他回答道。

"这件事也许有点儿小小的误会，巡官，"她说，"我猜也许是你们有些人……由于责任心过重搞错了，不过我相信你一定会明白的。刚才我和哈巴勒夫人在一起，而这些孩子则是我的好朋友。"

那个警察听到这话后有点儿犯傻了，但他还是把无照贩卖的事情说了出来。

"哦，不，那不是贩卖，"雷德·豪斯太太说，"我敢肯定，那绝对不是贩卖！对于这些孩子来说，他们只是在玩一些游戏而已，你知道的。我想你这些助手一定搞错了。"

如果要凭借一颗诚实的心来说的话，他并没有助手，而且他也没有搞错，不过此时要是插嘴的话，尤其是在女士说话的时候插嘴，那就是没有礼貌的行为，所以我们什么也没有说。

那位警察则非常固执地说："请你谅解，小姐，詹姆斯长官特地命令过我，让我一抓到无照贩卖的人就直接送到这里来。"

"可是你看，他们确实没有贩卖，"雷德·豪斯太太拿出自己的钱包，取出一些钱。"这样，你可以把这些钱拿去慰劳你的助手，他们也只是好心犯了错误。你也知道，这样的错误有的时候确实能引起麻烦。因此，我告诉你吧，要是我碰到了这种事我就知道如何处理。你放心，对别人我会只字不提这件事的，也不会有人受到责怪了。"

我们都屏住呼吸，站在那里等待着那个警察的回答，只见他把双手放在背后。"好吧，小姐，"他最后说道，"总算搞明白了什么是好心办坏事了，这种事情也不一定经常碰到。唉，我也不知道你是怎么看明白这件事的。不过詹姆斯长官还在等我过去汇报这件事呢，让我想想该怎么对他说吧。"

"哦，这很好办啊，随便说两句就行了，告诉他这是个误会。"雷德·豪斯太太说，"我相信你此刻肯定还有别的什么案件需要向他报告，对吧?"

"是的，是关于诈骗方面的案件，"他慢慢地走近雷德·豪斯太太，说，"不过我是不能收你的这些钱的。"

"当然，"她说，"请你原谅我提出这样的要求，不过我希望以后能为你做点儿什么，现在我可以告诉你我的姓名和地址。"她转过身背对着我们，用他借给她的粗短铅笔写下自己的姓名和地址。不过后来奥斯瓦德发誓说他听到了钱币的响声，她给他的纸里包着圆形的像钱币的东西。

"对于发生这样小小的误会我深表歉意，"警察用手摸着纸包说，"在此我得向你致敬，小姐，还有你的年轻的朋友们。我现在要走了。"说完之后就走了，我想他肯定是去见他的詹姆斯长官了，这时候，他看起来很温顺。

"好啦，现在没事啦，"雷德·豪斯太太说，"哦，你们这些可爱的孩子，今天你们必须留下来和我们一起吃午饭，我们可以开开心心地玩一个下午。"

"你是一位多么可爱的公主啊，"诺奥尔慢慢地说，"不过我觉得你还是一位女巫公主，能用自己的魔法对付那个警察。"

"这可不是什么魔法。"她叹了口气说。

"可是你的这些行为就如同诗一样。"诺奥尔说，我看见他又露出早晨出来之前的那副表情了，每次他诗兴一来就会是那个模样。不过在他的诗兴还没有大发的时候，我们已经从对平安无事的庆幸中醒了过来，开始围着雷德·豪斯太太，男孩子们跳舞，女孩子们则唱起歌来：

　　　　玫瑰花红彤彤，紫罗兰蓝莹莹，
　　　　康乃馨甜蜜蜜，你就像花一样。

她们唱了一遍又一遍，我们后来也跟着一起唱，正当我想说这样一句话时——"她是一个好伙伴，身上更有男子汉的味道，而不像诗。"忽然传来一个熟悉的声音："好啊!"我们的歌唱也随之被打断。

我们大家都停下来了，这才发现刚刚离开雷德·豪斯太太的两位女士，其中一位居然是拜斯克太太! 她还在抽香烟。到了这时，我们总算明白了白房子里的那股烟味是从哪儿来的了。

我们同时说了声"哦"，然后全部保持安静。"太不可思议了!"拜斯克太太说，"他们几位就是和我一起生活了整整三天的学校的小朋友。"

"我们深表歉意，"多拉温柔地说，"要是知道你也在这里，我们就不会这样大声地吵闹了。""我也是这么想的，"拜斯克太太说，"克洛，你可以算得上是女巫了，说说看，你是如何唤醒这六个布娃娃的? 如何让他们活泼起来的?""布娃娃?"我们都来不及阻止，但是霍·奥已经说了出来，"你这样说我就觉得你很不客气，一点儿也不知道感谢我们，我们可是花了六便士才把那个手风琴师赶走的。"

"我觉得有点儿昏了。"拜斯克太太用双手捧着自己的头说。"霍·奥过于粗鲁了，我向你表示歉意，"艾丽丝说，"不过被叫作布娃娃是很难让人接受的，因为我们也只是尽力照盼咐在做这一切。"

接下来雷德·豪斯太太赶紧问我们到底是怎么回事，我们就把爸爸来信告诉我们，要我们保持安静，然后我们又是怎样努力照办的事说了出来。当我们说完这些后，拜斯克太太哈哈大笑起来，雷德·豪斯太太也跟着大笑起来，最后拜斯克太太说："哦，我的宝贝们！看到你们现在活泼的样子，我真的非常高兴！我开始想……哦……你们看，我都不知道自己到底在想什么了！我总算知道了，你们不是布娃娃，而是英雄，每个人都是英雄。我得感谢你们，不过说实话，我从来就不需要那样的安静。我只是不喜欢伦敦的那种喧嚣和烦人的大人来打扰。而现在，就让我们享受我们的生活吧！你们是要打棒球还是要听食人族的故事？"

"首先是棒球，其次才是故事。"霍·奥说。这话一点儿也不假。

终于，拜斯克太太将自己的真性情流露了出来，那可是一流的性格。现在我们才觉得和她住在一起，要比和其他人一起住更加的快乐。在她和我们住的整段时间里，我们玩得多么开心。

现在想想，如果她不是雷德·豪斯太太的老同学，如果我们不是雷德·豪斯太太的好朋友，我们就可能永远也不知道拜斯克太太的真实性格了！威廉·史密斯先生在他那本关于拉丁语的书中说得非常正确："友谊是生活的王冠。"

13

"小朋友们，今天我们做点儿什么好呢？"拜斯克太太说。自从三天前我们发现了她的真实性格后，她已经带着我们出去坐过游艇和汽车了，让我们每天生活在快乐中，而且还会教我们之前不知道的十一种游戏，不过其中有四种不太有趣。我们想，大人们玩的游戏再怎么出名，但也是屈指可数的。

那天可以说是晴空万里，天气非常不错，我们都在海边晒太阳，另外还洗了澡，因为拜斯克太太说我们可以下水洗澡。真的很幸运，能和明白事理的大人待在一起真的很好，他们对你想做的事很容易持赞成态度，即使出了一点儿差错，他们也会承担责任，孩子是不用负担什么责任的。当然，洗澡是不可能出什么事的，我们之后都好好的，没有感觉到冷，除了手指和脚丫。

"你们还想要做点儿什么呢？"拜斯克太太接着又问了一句。在海边，没有人能看见我们，拜斯克太太则和平时一样抽着烟。"我们也不知道。"大家很有礼貌地回答，但是霍·奥却说道："贫穷的桑德尔小姐应该怎么办呢？"

"为什么说她是贫穷的啊?"拜斯克太太好奇地问道。

"难道我说得不对吗?事实不是这样的吗?"霍·奥说。

"事实是怎样的啊?"拜斯克太太说。

"贫穷啊。"霍·奥说。

拜斯克太太用双手抹了抹头发,由于浪花碰到了她的短发,有点儿弄湿了,也有点儿乱了。"让我们好好地聊聊,"她说,"为何你们会认为我的妹妹贫穷呢?"

"哦,我都忘了她是你的妹妹,"霍·奥说,"否则我就不说这些了——真的,我绝对不会说起的。"

"那也没什么啊。"拜斯克太太说,但仍旧在安静平和中往前方扔着石头。

对于霍·奥这样说话,我们也很懊恼,一是因为他当面说人家穷,或者说当着人家姐姐的面说人家贫穷,这是无礼的表现;二是因为拜斯克太太正开始问我们接下来想做什么,他这样说似乎打断了她的想法。

这时,奥斯瓦德马上说(这时他朝拜斯克太太扔石头的树墩方向扔了块石头,很明显一个女士要想扔得准就需要花更多的时间来瞄准):"拜斯克太太,只要是你喜欢做的事情,我们也会喜欢的。"这话说得非常客气,不过也是事实,因为我们完全相信她不会去做没有任何趣味的事情。

"谢谢你,"她回答道,"不过你们可不能因为我影响到自己的计划,我此刻的想法就是去附近租一辆小马车,在这附近应该能租到吧?"

"没问题的，在'古船'旅馆就能租到一辆，"艾丽丝说，"一次只需要花七先令六便士，能去火车站那么远的地方。"

"那就好，我们带上午餐坐车去林伍德城堡，在那里吃饭，如何？"

大家兴奋地叫了起来，"去野餐啦！""我们还可以在城堡的院子里煮茶呢，在城堡的树荫下吃面包。""还有茶点可以吃？"霍·奥说，"喝着茶吃着小面包，我想你一定不贫穷，不管你的……"

我们赶紧堵住他的嘴，一起抓着沙子朝他撒了过去，让他不再叽里咕噜地说下去。

"我一直在想，"拜斯克太太有点儿说梦话的样子，"'去参加野餐的人越多越让人高兴。'这句话一点儿也不假，因此我还安排了你们的朋友红房子先生和他的太太和你们见面，我相信你们一定会非常乐意的……"

我们的欢呼声淹没了她最后的话语，奥斯瓦德一直是主动为人效劳，他自愿去"古船"旅馆租借马车。他不仅喜欢马和马厩院子，还喜欢干草的气味，喜欢和马夫们聊天。

旅馆里有两辆小马车，其中两匹马拉的那辆最好，另外一辆只有一匹马拉，车子也小很多，由于常年暴晒的缘故吧，坐垫上的蓝布都褪色了，还有一道道绿色，到处都是补丁。奥斯瓦德回来将情况告诉了拜斯克太太，如实地将那辆小车的寒酸描述了出来，拜斯克太太听完之后派头十足地说："当然要两匹马拉的那辆！"

赶车人（奥斯瓦德穿上有发亮扣子的大衣坐在他旁边）赶着车沿着我们曾经满身尘土当小贩时赶着贝茨的驴子走过的原路走，那种感觉真的非常棒。

我之前已经说了，当天的天气非常好，我们虽然穿着一般的衣服，但都很干净。在我的心中，一般的衣服比最好的衣服舒服随意。因为你会觉得和什么人见面都很轻松，大家平等，正如诗中所说的，有一种"不怕遇到任何命运的心情"，而且不会有浆洗过、夹得紧绷绷的感觉。

林伍德城堡在山洼里，如同被一道壕沟围住似的，壕沟上漂着睡莲叶子。也许，那个季节是有睡莲花的，壕沟上有座桥墩——不是吊桥。城堡上有八个塔楼，四圆四方的，中间还有一个庭院，到处都是青草。那里还有一堆堆的石头——在我看来，那是从城堡上落下来的，石头中间有一棵白色的山楂树，拜斯克太太告诉我们那树有好几百年的历史了。

我们到达那里时，红房子太太正坐在这棵山楂树下抱着自己的小宝宝，身着蓝色连衣裙，简直像是巧克力盒子上画的那样。姑娘们一见小宝宝，就想去逗，我们只好让她们自己去，而我们则到城堡里去探险。在这之前，我们从来没有深入地探索过一个城堡，虽然我们也曾经寻遍各处，但始终找不到城堡底下最深的地窖，不过我们还是找到了城堡里想得到的一切东西，甚至浇滚烫铅水的洞，这是用来袭击包围城堡的敌人的，要是敌人抬头想偷看城堡里有多少军队，就浇他们的眼睛。那里还有射箭的孔、残破的吊闸等遗迹。那里有八个塔楼，我们都曾经上去过，说实话，有的地方还很危险的。当然，到了危险的地方我们就不让霍·奥和诺奥尔上去。对于这样的安排，他们也不会有反感的。我们探险之后，午餐已经准备就绪。

这顿午餐很丰盛，虽然肉不多，但是有各种糕饼糖果、葡萄、无花果和果仁。我们看着这顿丰盛的午餐，拜斯克太太说："请吃吧，年轻的科波菲尔们，你们有一顿王室盛宴可以享用。""可他们有加仑子酒。"刚读过狄更斯这本小说的诺奥尔答道。

"这个你们也会有的。"拜斯克太太说，"我们有两瓶。"

"我从来没有遇到过你这样的好人。"诺奥尔嘴里塞满了食物，如同在梦境中似的对红房子太太说，"你们都知道，人们真正想吃的东西，不是那些有益于他们的东西，而是他们所喜欢的东西。我想拜斯克太太也不会例外。"

"这正是我们学校教的东西之一，"拜斯克太太说，"你应该不会忘记星期六的晚餐吧，克洛，就在吃完浓浓的薄荷糖以后，那种椰子冰激凌的味道是多么奇妙啊！"

"没想到你居然还知道这个！"霍·奥说，"我一直以为这只是我们的发现呢。"

"关于吃的东西，其实我比她知道得多，"拜斯克太太说，"当她还只是一个穿着围裙的小妞时，我已经是大姑娘了，你们也许不知道她那时候是一个多么可爱的小妞啊。"

"我一点儿都不怀疑她的可爱，应该一直都是那样的，"诺奥尔说，"即使她还是个婴儿的时候。"

听到诺奥尔这么一说，大家哈哈大笑，除了那个婴儿，因为此刻他正安然地睡在白山楂树下的小马车垫子上。不过话又说回来，即使他是醒着的，他也不一定会笑，因为奥斯瓦德已经算得上是一个很有幽默感的人了，但他还是没有看出这样说有什么好笑之处。

午餐结束的时候，红房子先生讲了几句话，并举杯——为大家的健康祝福，从拜斯克太太一直到霍·奥，一个也没有漏过。最后，他说："睡神索莫纳斯，请你远离我们！接下来，大家该玩点儿什么呢？"这么一说，大家突然没有了主意，不过这种事情经常发生。突然，红房子太太说道："天啊，大家看那边！"

我们朝她说的那边看过去，看到的是最低的一道城墙，就在桥连接过去的主楼旁边，我们还看到沿着城头有一排奇怪的骨头，看起来像是一排人头。这时候我们正好谈到食人族把人头插在矛尖之类的上面。古代建筑城堡时，一定就是这样的，可眼前的却是连着身体的活人人头。实际上，他们是周围村里的孩子。

"真是一些可怜的孩子！"红房子先生说。

"晚宴还剩下不少的食物，"拜斯克太太说，"我们是不是……"于是红房子先生走过去叫那些孩子过来，他们把剩下的东西都吃了。当然，已经没有小面包了，因为吃茶点时是一定会吃小面包的，但是还有许多其他的东西，包括果仁和无花果，我们看到他们能吃到这些东西，心里也非常的高兴，真的很高兴，就连霍·奥都觉得高兴。

那些孩子看起来不是很机灵，或者你也想找他们来做伴，不过我认为，即使不大合得来，还是可以一起玩玩。等到他们吃完，红房子先生请他们来和我们一起玩时，我们想大家应该是感到高兴的。不过这些乡下孩子没学过打棒球，我们一开始觉得奇怪，他们的老师为什么不教教他们，可是很快就明白了，教会他们并不容易。不过他们会玩许多游戏，一些我们听也没有听说过。

有一个游戏一开头是这么唱的：

> 美丽的好姑娘和我一起散步吧，
> 在那青青的草地上一圈又一圈。
> 亲爱的，你左手一只母鸡，右手一只公鸡，
> 还有一个英俊少年，跟你去见你爸爸。

接下来的我记不起来了，要是有人读到这里想了起来，请你把它写下来告诉我，那我也就算没有白写这本书了。

大人们玩得非常痛快，但是我想他们也难得有时间这么玩，平时他们只知道看小说。我们玩了一会儿，看见墙头那边还有一个人头。"你好！"拜斯克太太叫道，"那边还有一个，你们谁去把他叫过来。"她对村里那些孩子说，但是没有人响应。"你去吧。"她指着其中的一个小女孩说，她的红辫子上扎着一根天蓝色的脏缎带。

"对不起，小姐，我可不愿意去叫他和我们一起玩，"那红头发小姑娘说，"妈妈跟我说了，让我们不要和他一起玩。""为什么会这样，他做错了什么？"红房子太太问道。"他的爸爸因为捉野兔被关到牢房里去了，小姐，他的妈妈也没有人雇的，所以我妈妈告诉我们，如果我们和他说话，就会被人看不起的，我可不想那样。"

"这不是那个孩子的错啊，"红房子太太说，"你说是不是这样呢？""我不知道，小姐。"红头发小姑娘说。"这真的太残酷了，"拜斯克太太说，"要是你的爸爸被抓去坐牢了，没有人愿意和你交往，你会高兴吗？""我爸爸是一个很自爱的人，"那红头发小姑娘说，"一个自爱的人是不会被抓去坐牢的，我觉得不会的，小姐。"

"你们都不愿意和他说话？"

其他孩子则把手指放在嘴上，看起来傻乎乎的，他们显然不愿意跟那个孩子说话。

"难道你们一点儿都不为那个可怜的小朋友难过吗？"拜斯克太太说。但是没有人回答她的问题。"如果你们的爸爸变成了那样，你们能想象一下自己的感受吗？"

"我的爸爸一向自爱。"那个红头发小姑娘又说了一遍。

"我要去把那个小朋友叫过来玩，"红房子太太说，"这些不懂事的小家伙们！"她很轻地加上了后面这句，只有本书作者和红房子先生能听到。红房子先生悄悄地说了一句，音量轻得也只有红房子太太和本书作者能听得出来。"亲爱的，可不要这么说，完全没有这个必要，这些穷苦的孩子们要是听到了，他们会不高兴的。他们之所以这样做，无非是自己父母教育的。"

要不是本书作者知道红房子先生是一位完美的绅士，就会认为他咕噜出了一句绅士不该说的话。

"我们派个人过去安慰那个孩子，如何？"红房子先生继续说了下去，"孩子们，听我说，你们谁愿意过去和那个可怜的小朋友说话？"

我们全都马上同意："我去！"最后，我被选中派过去。

有的时候，当你想想就会感觉自己身上有另一个不同寻常的自己，一个只有在你最好的时候才能成为自己的人，你也很想成为这样的人。艾伯特叔叔曾经说过，这个时候的自我叫作理想的自我。我要把它叫作最好的自我。闲话就不多说了，这个奥斯瓦德的"最好的自我"非常乐意去跟那个爸爸在坐牢的孩子说话，要是换作在平日，那个普通的奥斯瓦德是绝对不愿意离开游戏的。但是，此刻不仅是那个最好的奥斯瓦德，还是那个普通的奥斯瓦德，都为被选上而倍感欣慰。

奥斯瓦德从大拱门走了出去，刚走就听到游戏又开始了，这让他感觉到了自己的伟大，不过随后又觉得自己的这种想法非常可耻。唉，情绪这东西是很伤脑筋的。奥斯瓦德走了没多远就看到了那个爸爸坐牢、没有玩伴的男孩子，他穿着破靴子，站在靠近墙头的一堆石头上。这墙破破烂烂的，跟他的靴子倒是很相配。

奥斯瓦德爬了上去，说："嗨！你好！"那男孩听后回答了一声："你好！"

突然，奥斯瓦德不知道说什么才好，有时你越为一个人难过，你就越不知道对他说什么好。可最终他还是说了出来："我刚听他们说你的爸爸在什么地方，这确实不幸，希望你不介意我说我为你感到难过。"

那男孩的脸色看起来很苍白，蓝色的双眼水汪汪的，听到奥斯瓦德这么一说，他的眼睛更加湿润了，他爬到下面的地上来，说："我倒不是很在乎，但是我妈妈一直很难过。"也不知道怎么安慰他，奥斯瓦德想了一下，说："不要介意那些该死的孩子，他们不和你玩没关系，那不是你的错，你知道的。"

"也不是我爸爸的错，"那男孩说，"他从草堆上摔了下来，手臂也跌断了，妈妈生孩子时花的钱他都没有能力支付，因此在无奈之中才去捉一两只野兔或者野鸡什么的，可没想到野兔也不能捉。"

奥斯瓦德还是不知道说什么好，他拿出自己的一支两用笔——可以当作钢笔，也可以当作铅笔，然后说："你看看，要是你喜欢的话，我就送给你。"男孩子接了过去，看着笔对奥斯瓦德说："你不会在骗我吧？"

奥斯瓦德说没有骗他，可话一出口就觉得非常的不舒服，虽然他很想为这个男孩做点儿什么，但这时候他感到自己只想快点儿逃离他，因此一看到多拉走了过来，真的太高兴了。

多拉说："你回去和他们玩吧，我很累了，想在这里坐坐。"她让那男孩在她身边坐下，奥斯瓦德则回到其他人中间去了。

游戏再好玩终究会结束，等到游戏结束了，又到了喝茶的时间了，那些村里的小孩被打发走了，奥斯瓦德去叫多拉和那犯人的孩子，但只看到多拉，他凭借自己锐利的双眼马上就能看出她刚哭过。

这一天是我们过得最高兴的一天，回家坐在车上也很开心，但多拉则一直保持沉默，埋着头好像一直在想什么不开心的事情，直到第二天都没有好起来。

第二天，我们全都在沙滩上走着，但是多拉没有和大家一起来，艾丽丝很快也离开了，回到多拉那里去了，我们在沙滩这边看到好像有什么事。艾丽丝随即走了过来对我们说："把你们的脚擦干，过来开个会吧，多拉有重要的事情告诉你们。"

我们擦干了沾满沙的通红的脚趾去开会。艾丽丝说："我想霍·奥肯定不乐意开这个会，因为这一点儿都不好玩，你还是自个儿到海边去玩吧，到那里可以去捉漂亮的小螃蟹，亲爱的霍·奥。"

霍·奥说："为什么不让我参加呢？其实我和大家一样，也是喜欢开会的。"

"哦，霍·奥！"艾丽丝用恳求的语气说，"我给你半个便士，你拿去买弹子糖，好吗？"这样他才离开了我们。

多拉说："真的没想到，你们那么信任我，可我却做出了这样的事，但我实在无法忍住。我记得当你们决定让我保管财产时，狄克说过我是最值得信任的了，现在，我觉得我不配这样的评价，不过当时这样做似乎真的是对的，但现在看来完全不对了。"

"她做了什么错事啊？"狄克问，不过奥斯瓦德好像已经完全明白了。"告诉他们吧。"多拉趴在沙上，脸一半用双手捂住，一半藏在沙里。

"她把挣给桑德尔小姐的钱都给那个爸爸坐牢的小男孩了。"艾丽丝替她说。"是一英镑十三先令七个半便士，"多拉抽泣着说。

"这种事情你先应该和我们商量一下。"狄克说，"当然，看到你现在后悔了，不过我还是这么认为的。"

"我怎么来得及跟你们商量呢？"多拉说，"那时你们大家正在玩猫捉老鼠的游戏，而那个男孩就要回家了。我是多么希望你们能听到他当时说给我听的话，听听他说他妈妈生病，又因为爸爸坐牢所以没人请她去干活。他还有一个正在吃奶的弟弟也生病了，这个可怜的小宝贝还吃不饱。那种糟糕已经超出了你们的想象。我愿意在以后将自己省下的零用钱还你们，但得请求你们的谅解，请大家原谅我，不要因为我挪用了大家的钱就瞧不起我，当时我确实不忍心看到人家那样。"

"你那样做了我非常的高兴，"忽然传来了霍·奥的声音，参与会议的人居然没有注意到他已经溜回来趴在了地上。

"我的零用钱在这里，多拉，从刚才艾丽丝给我去买弹子糖的半便士开始算起。"说完之后，他就把钱塞到多拉的手里。

"我没有偷听你们开会，不过我很高兴，因为我听到了这些，"霍·奥接着说了下去，"我相信我也和大家一样享有参加会议的权利，而且我觉得多拉做得很正确，可是你们太没良心了，看到她哭成这样了还要那样说她。假如那个人是你们的宝贝小弟弟，他生病了，有的人口袋里装满了英镑，但却没有掏出一个子儿给你们，你们心里会好受吗？"

他走到多拉身边抱住她，多拉也用双手抱住他。

"这不是她自己一个人的钱，"狄克说。

"如果你觉得我们的宝贝小弟弟……"奥斯瓦德说。

可是，艾丽丝和诺奥尔也过来拥抱多拉和霍·奥，狄克和我觉得这样不行，毕竟姑娘们缺乏对事情的正确判断，小男孩也差不多。

"我看这样，"奥斯瓦德感觉非常的郁闷，他说道，"我们投票决定，如果赞成多拉的票占多数，我们两个就放弃。不过接下来我们就得省吃俭用来归还，就这么决定吧。看来我们将有很长一段时间没有零花钱了。"

"哦，"多拉说道，此刻她的哭泣声已经变成了唏嘘声，"看来你们还是不知道我此刻的感觉，现在的我比任何时候都要难过，那些可怜的穷人啊……"

正在多拉伤心不已的时候，我们看到拜斯克太太到海滨这边来了，穿过长着绿草的石堤。"嗨，你们好！"她说，"亲爱的多拉，难道你刚才受伤了吗？"看得出来，她是很爱多拉的。

"现在没事了。"多拉说。

"那我就放心了，"拜斯克太太说，看来她已经学会了不再多问。"红房子太太今天和我们一起吃午饭，她今天上午去了趟那个男孩子家里，看了那男孩子的妈妈，你们知道的吧，就是昨天那个谁都不愿意和他一起玩的男孩。"

我们异口同声地说："当然知道啊。"

"红房子太太已经安排好了，她给那个女人找了一点儿活干，她真是一个好太太。那个男孩的妈妈告诉红房子太太，说一位小姐——说的就是你，多拉——给了她儿子一英镑十三先令七个半便士。"

拜斯克太太一直望着大海，透过她那副金丝边的眼镜，然后继续对大家说："如果我没有猜错的话，那肯定是你们的全部家当了，我不想说太多，但是我认为你们真的是一群心地善良的大好人。"她说完了之后，大家就陷入了一阵痛苦的沉默之中。霍·奥看了看大家，对他们说："大家听到了吗？我刚才是怎么说的啊？"

这时候，艾丽丝说话了，她说："我们这些人和这件事没有关系，这都是多拉一个人干的。"我认为她这样说的原因是为了我们不把这件事告诉拜斯克太太，假如她的这个做法是非常的高贵善良，我们真的非常希望多拉在听到这样的赞赏后心里感到宽慰。

可是多拉不会接受这样的宽慰，她说："哦，拜斯克太太，我这样做是不对的，因为这些钱不是我自己的，我是没有权力这样处理的。可是当时我看到那个小男孩，确实为他的妈妈和他的宝贝小弟弟感到难过。这笔钱是属于另一个人的。"

"这是谁的钱啊?"拜斯克太太问道,看来她已经来不及想起那条来源于澳大利亚的"不多问"的好传统。

这时,霍·奥把事情的真相说了出来,我们还没来得及阻止他,"这是桑德尔小姐的钱,每一个便士都是属于她的。"

唉,在我们的生活中,又一个秘密给揭穿了,关于问问题的规矩也再一次被打破了,整件事情终于从我们嘴里说了出来。

故事确实比较漫长,当我们说到一半的时候,红房子太太来了,但是也没有人介意她在旁边听。等到我们讲完这一切,将我们从过俭朴的生活讲到如何没有执照去做小贩,拜斯克太太就像个男人一样说话,她说了一些赞扬我们的话,在这里我就不写出来了。

接下来,她告诉我们,她的妹妹其实一点儿都不穷,她之所以生活俭朴,思想崇高,那只是她个人的兴趣爱好而已。我们听完之后,真的难以相信这是事实,相信以后却又大失所望。此时,红房子太太说:"詹姆斯爵士让我们把这五英镑转交给那个可怜的女人,另外,她还托我们把你们的三十先令拿回来,因为她花掉了三先令七便士,昨天晚上他们煮了肉和蔬菜,好好地吃了一顿,现在你们也只有这么多的钱了,不过你们还是可以给桑德尔小姐买一件礼物,相信她会喜欢的。"

这给我们出了一个难题,毕竟,给这样一个喜欢俭朴生活却怀有崇高思想的人挑选礼物,绝对不是一件容易的事情。最后，我们决定去买几本书，连书的作者我们都想好了，就是那个叫爱默生的人写的，虽然我们读起来觉得很乏味，不过书脊做工非常漂亮。我想，当她有一天带着她那个正在慢慢恢复的哥哥——也就是那个上脚手架发传单给砌砖工人时摔下来了的人——回家时，她一定会非常的高兴。

这就是我们在林教堂桑德尔小姐家所遭遇到的种种奇遇，故事也到了尾声，这也是本书作者所著的最后的一本书了，因此，假如你是从开始看到这里，那我还是得跟你说声再见了。

亲爱的读者朋友们，再见。

奥斯瓦德·巴斯塔贝